Los Amigos de Un Principito

Autora y Editora
Claudia Maria Llerena Arce

Primera edición 2021

Diseño gráfico: Diego Brito Telles
Portada e ilustraciones: Hugo Martínez Acuña
Fotografía: Tessa Yarhi

sitio web: www.claudiallerena.com
Blog: blog.claudiallerena.com
Correo electrónico: claudiallerenaa@gmail.com

ISBN 978-99961-0-789-4 (impreso)

Esta primera edición de
"Los Amigos de Un Principito", de Claudia Llerena,
consta de 250 ejemplares y terminó de imprimirse
por **Impresos Múltiples,** en junio de 2021,
San Salvador, El Salvador.

Para Antoine de Saint-Exupéry,
por ser inspiración pura que cautiva
mi alma con su amado *Principito.*
Con quien aprendo y me fundo en un
interminable abrazo que traspasa mundos
mentales, para ser la expansión y jugar
con él, como contigo también…

*Y para unos niños sabios y genuinos, quienes abren la
compuerta del corazón que palpita y canta lo profundo
y lo sencillo, lo verdadero e infinito: mis hijos.*

Tan sencillo como un **Hombrecito Azul**…
Alegre como la magia de **OOOOOOO**.
Puro como el espíritu de **Rhom**,
y sabio como tu corazón,
donde se encuentra el infinito.

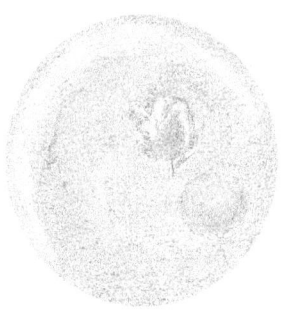

Mi gratitud a
Los Amigos de Un Principito.
Ellos son los protagonistas de esta obra y han bajado
desde las estrellas, para regalarnos destellos
dorados de alegría, pureza y sabiduría.

Claudia Llerena

Prólogo

Estimado lector/a,

Tienes ante ti, un libro distinto y diferente, escrito desde la profundidad del ser y del corazón. Acércate a sus páginas con una actitud introspectiva, porque habla de ti y de mí, se dirige al niño que llevamos dentro y al adulto que deseamos ser, y al mundo que queremos construir. Un libro, que al igual que "El Principito" de Saint-Exupéry, es para los adultos que no han perdido la bondad y la inocencia de ser niños.

La autora, habla de un mundo ideal, que debiera ser real, habitado y gobernado por seres de luz que se rigen por el corazón. Un mundo donde no pueden vivir los que inventan guerras para construir torres de papel (dinero), donde el dinero lo compra todo, hasta el agua y la naturaleza; donde se encierra a los animales privándoles de lo más hermoso de la vida, su libertad; donde se devasta el planeta y progresivamente se priva al ser humano de la felicidad, de la alegría y el amor.

Los sueños y esperanzas que reflejan los actores (Amigos) de este libro, nos invitan a ser como el Principito, seres transparentes y empáticos con los demás, con la naturaleza, con los animales para no construir "zoo-ilógicos" y "j-aulas" que les niegan su libertad y les hacen esclavos, para erradicar a los cazadores - quitavidas. Un mundo donde lo principal no es poseer, sino ser. Es un libro para leerlo desde y con el corazón, no desde la razón.

Es un libro escrito con una nueva gramática y semántica, con un diccionario muy particular, donde las palabras y los conceptos tienen un significado vivencial que Los Amigos de Un Principito, los aprenden y hacen suyas; así se define la tristeza, la familia, el dinero, la jaula, el zoológico, el cacao, el misterio, las espinas, la herida, un trofeo; y se define qué es una idea, morir, una bomba, las armas, un arsenal, una promesa, una colección, un cazador, aplaudir, etc.

En el libro, la autora propone un nuevo tipo de educación con un nuevo rol del docente y una nueva escuela. Una educación que cultiva los sentimientos, la creatividad, la espontaneidad, la libertad; una educación que desarrolla ese sol interior que guía hacia la felicidad y que facilita la construcción de un mundo donde se ríe y se juega; escuelas que no son j-aulas, que conviven con la naturaleza, donde la conciencia dicta las leyes de la convivencia y no le pone controles, donde no se enjaula la creatividad y la espontaneidad y donde se prepara a los niños para ser ellos mismos, diferentes. Una educación que se focaliza en la construcción del "ser persona", en el desarrollo de valores en la perspectiva de un mundo más humano: sensibilidad, honestidad, imaginación, solidaridad, empatía, responsabilidad planetaria, sencillez, inclusión, transparencia, etc.

Es un libro donde la autora muestra su sensibilidad y nos da un mensaje de esperanza a través de la exaltación de los valores y al dar un papel protagónico a las emociones, a los sentimientos, al corazón.

Los Amigos de Un Principito, me han recordado al Principito cuando dice "no se ve bien sino con el corazón; lo esencial es invisible a los ojos". A través de una dinámica dialogal nos enseña a amar la naturaleza, a respetarla y enriquecerla, a entender y comprender con el corazón, a luchar por la sostenibilidad medioambiental, a construir el ser y no priorizar el poseer y el tener, a construir el mundo interior porque si el sol interior ilumina, no habrá tristeza en los seres; nos enseña a valorar los bienes de la humanidad y patrimonio planetario, como el agua y a enfrentar la deshumanización del hombre y la desnaturalización de la naturaleza.

Los Amigos de Un Principito, te invitan a unirte a ellos, a cambiar tus paradigmas tradicionales en tu vida cotidiana y a dar cabida a la esperanza de un mundo posible más humano.

Agustín Fernández
Director
Liceo Francés

Reseña

Tuve el placer de conocer a Claudia Llerena, en octubre de 2006 cuando me encontraba de visita en El Salvador. Claudia acababa de publicar su primer libro: "Por Siempre... El Salvador". Este libro relata vívidamente la tierra, la naturaleza y los habitantes de El Salvador, país que amo profundamente. Pude ver las bellas ilustraciones que realzaban su contenido. En todos los detalles de la escritura, pude sentir el cálido afecto por su país y la frescura poética de Claudia. Por ello, enseguida me dieron ganas de conocer a la autora y hablar con ella sobre mi investigación, es decir, sobre la famosa obra de Antoine de Saint-Exupéry: "El Principito" y Consuelo, la esposa de Antoine. Fue así como nos encontramos en la cafetería del hotel donde me hospedaba y tomamos un café. Recuerdo como si fuera ayer cuando le entregué el ensayo que escribí sobre Consuelo. Justo diez años después, Claudia me envió el escrito de su obra más reciente: "Los Amigos de Un Principito". Sentí la magia del destino que hizo posible enlazar con fuerza el nudo de nuestra amistad.

Desde el año 2000, estoy investigando la obra: "El Principito" y Consuelo Suncín. Para que todos conozcan el mundo de: "El Principito" me he dedicado a escribir para numerosas publicaciones, realizar conferencias, organizar simposios, exhibiciones y conciertos. En esta oportunidad, para mí que soy uno de los amigos de El Principito, es un gran honor poder escribir la reseña de: "Los Amigos de Un Principito". Y CONSIDERO QUE ENTRE CLAUDIA Y ANTOINE HAY UNA CORRESPONDENCIA DE ALMAS. Por si fuera poco, por las venas de la autora, corre la sangre de Claudia Lars, la poetisa más representativa de El Salvador. En su obra: "Tierra de Infancia", Claudia Lars relata un episodio con Consuelo, de cuando eran pequeñas. En Armenia, departamento de Sonsonate, el pueblo natal de ambas, cuenta que un día estuvieron conversando sobre lo que querían hacer en el futuro. Después, cada una tomó su propio camino. Claudia Lars se convirtió en una poetisa y Consuelo en la Condesa de Saint-Exupéry. Consuelo ayudó a su esposo, Antoine, en la redacción de: "El Principito" dándole consejos. Además, la rosa roja que aparece en: "El Principito" se refiere a Consuelo. Se trata, sin duda, de otro encuentro enlazado por el destino.

Pasaron más de 70 años desde que Antoine desapareciera en el cielo azul del Mediterráneo mientras realizaba un vuelo de reconocimiento durante la Segunda Guerra Mundial. Desde entonces, el planeta que habitamos está sufriendo muchos cambios. Los caracteres que aparecen en: "Los Amigos de Un Principito" son los habitantes de nuestro planeta, es decir, las personas que actualmente vivimos en la Tierra con muchos problemas complicados pero también con sueños y esperanza en el futuro. Todos con el corazón transparente como el de: "El Principito"… (ESPIRITUS NOBLES DE LUZ, QUE SE PLASMAN EN LOS AMIGOS DE UN PRINCIPITO).

Un día hace 40 años, un joven francés visitó al monje budista Zen de Japón, Soiku Shigematsu, y le dijo: "Quiero que me enseñe Zen". Entonces, Shigematsu le contestó: "Le recomiendo que lea nuevamente a 'El Principito'. Está lleno de frases que coinciden con el pensamiento Zen". En el cielo, sobre el mar, en el desierto del Sahara, en la Patagonia de Sudamérica; en completa soledad, Antoine de Saint Exupéry habrá meditado en la posición Zen y en su estado mental de desapego habrá sentido su despertar espiritual…

El hecho de que esta versión actual Y EXTENSIVA A AQUEL HERMOSO SER EL PRINCIPITO, de: "El Principito" sea dado a conocer al mundo desde El Salvador, la tierra donde nació y se educó Consuelo, LA ESPOSA DE ANTOINE, es un acontecimiento que me causa una gran felicidad. Y No me cabe duda de que "Los Amigos de Un Principito", con su forma de escribir creativa, SU FONDO, TRANSPARENCIA Y ALEGRIA. Su contenido original, su dibujo de la portada desbordando fantasía, resonará profundamente en los corazones de muchos lectores.

POR QUE "LOS AMIGOS DE UN PRINCIPITO", NOS LLEVAN Y ELEVAN AL CORAZON DONDE TODO ES POSIBLE.

Yukitaka Hirao
Empresario japonés estudioso de la vida y obra
de Antoine y Consuelo de Saint-Exupéry

Los Amigos de Un Principito, no se perciben con los ojos físicos, ellos se develan cuando dejas a la voz mental que no te deja mirarles. Si intentas verles como aprendiste a hacerlo, se esfuman y si lo hacen, no les encontrarás a menos que abras tu corazón de par en par. Entonces llegarán y al contactarles, tu mundo cambiará.

La historia que estás a punto de iniciar ocurre en un día semi- soleado, mientras una pareja de castores se desliza entre las aguas transparentes de un riachuelo quieto, en medio de un bosque tan mágico…

Es precisamente en dicho entorno cuando mi corazón se abre de par en par y al colocar mi mirar hacia ese bello cielo, gradualmente aparecen burbujas de oro que brillan cual si el sol, sólo que cada una de ellas, al irradiar su propio brillo, contiene ciertos destellos propios de su vibración.

Es como si un bellísimo arco iris oro bajase de los universos cual burbujas luminosas y al tocar una a una el plano de los distintos mundos, se develará ese misterio y color que cada uno de los 10 amigos de las estrellas, trae para nosotros…

De la primera esfera surge un Hombrecito Azul, este bello Ser sin ojos físicos posee en el centro de su vida un corazón grandísimo. Cuando le vi, le seguí y cada paso con él, como con cada uno de los amigos de las estrellas que gradualmente van surgiendo, son oportunidades de oro para realizar este viaje esencial al corazón donde se llega al infinito.

¡Antoine, parece que *Un Principito* ha llegado…!

Me lo ha dicho una hormiga que cruzaba por la cañada. Me ha narrado que ha bajado de las estrellas y que a alguien le escuchó decir — aunque no sabemos si es verdad —, que ha venido en busca del bozal…

Sólo que según dicen, no viene solo, sino que acompaña a algunos de sus amigos: **10** para ser más exactos.

Aunque hay un dato importante que he de comentarte antes de empezar a viajar, y es que la hormiga, quien le ha visto de pies y de cabeza, afirma que este *Principito* se mantiene adentro de una burbuja cristalina, pues por alguna razón, que no se sabe todavía, no ha tocado con la blancura de sus pies el planetoide; mientras que sus amigos de las estrellas — según ella nos lo comenta —, cuando entran en contacto con las distintas latitudes donde llegan, salen de sus esferas Luz e iluminan al espacio galáctico.

Planeta en Transición.

El Hombrecito Azul y un oso polar.

¿Y tú quién eres?

Soy un oso que antes vivía en un lugar polar.

¿Qué es un lugar polar?

Era mi hábitat.

Un lugar polar que era…, ¿qué es?

Ya no es…

**Un lugar polar que era y que ya no es,
¿para adónde se fue?**

Se derritió.

¿Qué es se derritió…?

Que desapareció… Se evaporó.

¿Cómo te llamas?
Quienes me bautizaron me llamaron oso polar, pero me tendré que cambiar de nombre porque vivía en el Polo Norte donde todo era glaciar. De allí provino mi apelativo, pero como se está derritiendo mi hogar ando buscando otro planeta congelado que no sé si existirá, además, tendré que cambiarme de nombre pues ya estoy dejando de existir.

Pero si hablas…
Sí.

¿Sientes…?
También.

Entonces existes…
Pues no lo sé, si me miras bien te darás cuenta de que me estoy derritiendo.

¿Cómo que no lo sabes?
Sin mi hogar no puedo existir.
Sin mi hogar no quiero existir…
¿Sabes si hay un planeta donde existan las condiciones del hogar donde nací, para poderlo cuidar como un gran tesoro y poder vivir allí?

Mira oso polar, te doy esta rosa azul de las estrellas, vive en ella, no es una flor cualquiera, encuentra su magia y lo verás...

¿Qué yo, un oso polar del Polo Norte viva en una rosa azul de las estrellas? Jajaja..., me haces reír — ¿qué acaso crees que soy una abeja?—, al menos has conseguido hacerme sonreír Hombrecito Azul de las galaxias. Y es que debo decirte que desde que se están diluyendo nuestros hogares, la risa en este planeta también se congeló...

En esta rosa azul repleta
de estrellas que me das,
no cabe ni una uña de mi pie.

¿Y si la miras desde el corazón...?

¡NECESITO QUE
ME DEVUELVAN
A MI PLANETA HOGAR... !

— El polar gritó —.

Registro #1

Un oso polar des-polarizado llora pidiendo de vuelta a su hogar... No quiere la rosa de estrellas que es oriunda de mi planeta azul adonde le invito a vivir, y cuando se la ofrezco se ríe hasta llorar de risa.

En este planeta cuando algo se deshiela lo quieren volver a helar... y además, gritan.

Algunos osos polares viven en zoológicos,
Hombrecito Azul.
¿Y en los zoológicos hay glaciares?

Sí y son congelados…

Quizás me podrías llevar a conocerlos para ver si tienen
las condiciones que el polar — que grita hasta reír —,
desea tanto para poder vivir.

Bien, vamos…

¿Traes dinero Hombrecito Azul?
¿Qué es el dinero, hormiga?

Unas ruedas de metal que se ponen en ese orificio de la máquina como condición para poder entrar al zoológico.
No las conozco, pero si son ruedas se podrá jugar con ellas como me han dicho que se juega con los aros y pelotas.

No, Hombrecito Azul, son monedas que sirven para comprar lo que deseas.
Deseo encontrar un hogar congelado para el polar, que no quiere vivir en la rosa azul de las estrellas que le doy.

¿Quieres entrar al zoológico?
Sí. Conoceremos el Polo Norte congelado donde el polarizado podría vivir…

¿Cómo piensas entrar, si no tienes dinero?
No pienso, sólo voy a entrar…

Registro #2

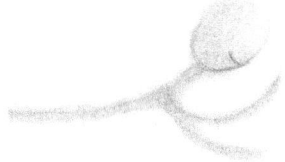

En este planeta al cual he llegado con mis amigos desde las estrellas, cuando algo se deshiela, lo quieren volver a helar.

Gritan y luego se ríen...

Además, el oso polar no acepta vivir en la rosa azul que le doy.

A unas ruedas les llaman dinero.

Y me acaban de decir que, si no se piensa, ni se tiene dinero, no se puede vivir en este planeta, pues estas dos condiciones son esenciales para poder respirar...

¿En qué planeta estoy?

Claudia Llerena

Planeta Prisión.

El Hombrecito Azul, Rhom y el Zoo.

— *Hay un oso polar gigante que juega con una pelota muy grande, nada y juega, juega y nada* —.

¿Tú quién eres y cómo lo sabes?
Me llaman agua, pero mi nombre es Rhom.

Rhom, por favor, dinos adónde podremos encontrar a ese oso polar.
Adentro del zoológico hallarán una vereda con flechas amarillas que les conducirá hacia la jaula donde se encuentra.

¿Y qué es una j-aula?
Un lugar donde hay un enrejado así: su material es resistente para que lo que se coloca adentro, no pueda escaparse o salir de allí... En los zoológicos de este planeta hay muchas jaulas donde han encerrado a los Seres animales, para que no puedan escaparse. La jaula del oso polar es muy particular, además de tener un enrejado a un lado tiene un vidrio transparente por medio del cual puedes observarlo.

¿Qué es transparente, Rhom?
Mi tonalidad espiritual. Originalmente podías observarte cual si en un hermoso espejo cristalino a través de mi esencia en los mantos acuíferos de este espacio, mas ahora están ensuciando mis fuentes cristalinas quienes no valoran mi Presencia, aunque mi esencia continuará siendo transparente hasta que cumpla con el propósito Divino de existir.

¿Es esa una jaula, hormiga?
Si.

Oso Polar, eres tan parecido a mi amigo del polo que pareces su réplica. ¿Para qué te tienen en este zoo-lugar?
Me trajeron desde mi hogar nevado del Polo Norte, cuando acababa de cumplir un año y me han esclavizado durante estos seis años para mostrarme como si fuera un trofeo, o una cosa que se quita y pone antojadizamente... Además, me entrenan para que juegue al baloncesto en ese aro que han colocado. Si juego, cuando las personas que visitan el zoológico llegan a verme — como ustedes lo hacen ahora —, me dan de comer, si no, me castigan y privan del alimento que necesito para vivir.

¿Para qué hacen eso?
Para obtener más dinero.

¿Cómo?
Si juego baloncesto las familias se motivan para venir a aplaudirme, y como no saben lo que siento, vienen. Ellas no comprenden que lo que más anhelo es ir donde mamá está, para comérmela a besos...

Tengo un amigo que es de tu familia polar, él anda buscando un lugar congelado donde pueda vivir, me dice que su hogar se está descongelando y por eso estoy aquí. ¿Será que puede venirse a vivir contigo y que juntos se puedan sentir mejor?

¡No lo traigas! **Dile que la libertad no tiene precio,** *que es dura la frialdad con la cual te tratan. Que, aunque sé que le será muy difícil subsistir sin nuestro hogar congelado, que busque un lugar fresco donde pueda ver el infinito. Cuéntale que lo único que puedo mirar es el vidrio, la reja, a las personas que me vienen a ver y que me aplauden cuando encesto la bola en el aro.*

Dile que aquí no se vive, cuéntale que en este sitio se muere día a día, minuto a minuto, que se vaya lejos de donde lo puedan capturar.

Al lado de esta piscina prisión donde me tienen cautivo acaban de traer a un ballenato que no tiene ganas de vivir. Su mamá le amamantaba en su hogar el mar, y era tan feliz con su familia.

¿Qué es una familia, oso polar?

¡Es el mejor lugar del mundo…! Allá donde se quedó mi mamá cuando me robaron de su lado. Un lugar donde se crece con el Amor de papá, de mamá y a veces con hermanos, aunque yo era hijo único.

Eso mismo es lo que acaban de hacerle a mi amiga ballena con quien nos miramos a través de esta pared de vidrio y al encontrarnos nos sentimos acompañados. Ella me ha narrado que cuando llegaron unos barcos a su hogar — el ancho océano —, le arrancaron de la ubre tibia de su madre. Me cuenta que el mar se puso gris y que toda la familia de cetáceos se entristeció tanto que de por vida bajaron sus aletas y jamás las volverán a subir, por eso si los miras con atención en los tanques acuarios, verás que las ballenas suelen tener sus aletas tristes.

Registro #3

En este planeta donde he llegado con mis amigos:
1) **Si no se piensa, ni se tiene dinero, no se puede vivir.**
2) **Enjaulan a algunos seres a quienes llaman animales, en rejas de hierro.**
3) **Hay robos de ballenas recién nacidas, a sus familias.**

— *Eso que escribes es exactamente lo que ocurre Hombrecito Azul de las galaxias, pero por favor agrega esto: En este planeta, la libertad no se respeta —.*

Registro #3, corrección.

En este planeta donde he llegado con mis amigos:
1) **Si no se piensa, ni se tiene dinero, no se puede vivir.**
2) **Enjaulan a algunos seres a quienes llaman animales, en rejas de hierro.**
3) **Hay robos de ballenas recién nacidas, a sus familias.**
4) **La libertad no se respeta.**

Y antes de que me encierren en un cuarto oscuro para hacer mi siesta, recuerda Hombrecito Azul intergaláctico que has de hablar con los niños y las niñas de este planeta, acerca de lo que viven en algunos de sus hogares y en tantas escuelas...

Gracias, Hombrecito Azul, por respetar mis sentimientos y por dejar mi huella impresa en este espacio donde se registra algo fundamental.

¿Qué es lo que dibujas Hombrecito Azul?
Al agua transparente que sale de tu linda mirada.

No es agua amigo,
es una lágrima de tristeza que sale de mi alma.
¿Qué es la tristeza, oso polar?

Lo que muchos sentimos en las jaulas de este planeta...

Mira hormiga, esta agua del polar se llama tristeza.

¡La tristeza ha invadido al planeta,
amigo de las estrellas...!

Registro #4

En este lugar donde está enjaulado el polar, a Rhom, el espíritu del agua, se le llama tristeza y brota de los ojos del oso que tienen en la prisión.

Además, dicen que la tristeza ha invadido al planeta…

Registro #5

En el Planeta Prisión hay un mini planeta que se llama zoológico, aunque debería llamarse zoo-ilógico, zoo-jaula, zoo-robo, o zoo-tristeza.

Para ver a esos lindos Seres que están atrapados y encadenados dentro de las prisiones de hierro, debes entrar pagando unas ruedas a las que llaman dinero, y como yo no vivo con ese símbolo en las estrellas, la magia de mi amigo mago me abrió un canal para poder entrar.

¡Magooooooo…, por favor sácanos de aquí!

Astroide 3.

El Hombrecito Azul
y las j-aulas donde vive Carmín.

Mago, escúchame donde quiera que te encuentres...
¿Crees que con tu magia nos puedes ayudar a sacar del
Planeta Prisión a quienes han sido enjaulados? ¿Será que
desde las estrellas puedes ordenar para que cada jaula se
abra de par en par y puedan salir los prisioneros del zoo-
triste y dirigirse hacia sus hogares naturales?

Amigo Mago, ¿me escuchas?

O pueda que con tu magia nos puedas ayudar a congelar
nuevamente al Polo Norte, para que el oso des-polarizado
que no tiene su hogar, ni quiere vivir en la rosa azul de
las estrellas que le doy, vuelva a sonreír.

Amigo estelar, ¿dónde estás...?

¡Hola...!
¡Hola! ¿Quién eres?

Una niña.
Al fin te encuentro...

¿A mí?
A la niñez de este planeta.

¿Y qué quieres hacer?
Jugar.

Ahora tengo que investigar.
¿Qué es lo que investigas aquí en el zoo-ilógico?

Se llama zoológico.
¿Qué investigas en el zoo?

La vida de los animales.
¿Y cómo es?

Lo voy a investigar ahora.
¿Para qué?

Por qué la maestra me lo ha dejado de tarea.
¿Podremos jugar cuando termines?
¡Sí...!

Ahora que ya terminaste, ¿jugaremos?
No lo sé... Se ha hecho tarde y al terminar
tendré que ir a casa.

¿Puedo ir contigo?
Te tendrías que hacer muy pequeño para que mamá no te
vea, si no dirá que quién eres y me ha dicho que no lleve a
casa a ningún desconocido.

Me haré del tamaño de un botón de rosa y nadie más que
tú, me podrá mirar.
¿Cómo lo harás?
Así.

Jajaja... ¡Eres un mago!
Estás tan pequeñito que cabes en mi bolso.
Aquí nadie me verá.

¡Trato hecho!
¡Trato hecho!

Esta es mi casa, cállate y no hagas ruido por favor.
Hola, mamá, ¡ya llegué!
Hola Carmín. Por favor lávate las manos que ya es tarde y
la mesa está servida.

Registro #6

Estoy en el hogar de una niña del planeta. La familia de este lugar se pone a Rhom en las manos antes de comer. Terminan de alimentarse de prisa y nuevamente se colocan a Rhom, se cambian de ropa, se dicen "buenas noches", se acuestan y cierran sus ojos. Quise jugar con Carmín — la niña con quien estoy ahora —, pero cuando íbamos a jugar con un círculo que rebota, a la que llaman pelota, su papá le dijo: "A la cama Carmín, pues ya son las ocho de la noche y tienes que despertarte mañana a las seis de la mañana".

Cuando las estrellas del cielo se fueron a dormir, un fuerte timbre despertó a la niña y su madre dijo: "Arriba Carmín". Nos levantamos y cuando comieron lo hicieron más rápido que la noche anterior y al terminar, ella entró a un lugar de donde salió con un vestido de otro color y luego salté adentro de esto que lleva colgado. — Entonces su mamá le dijo: "Que tengas un buen día". Y aquí voy con ella —.

Llegamos a un lugar donde hay muchos niños como Carmín. Todos corren tan de prisa y se van a unas j-aulas, que se parecen a las del zoo-ilógico. Cierran la puerta de cada j-aula y una persona grande empieza a preguntarles acerca de las investigaciones que han hecho en el zoo.

Algunos niños dijeron que el "zoo-lógico" es un lugar muy lindo. Otros, que los animales allí son muy felices y cuando Carmín empezó a narrar que hay un oso polar, que pasa feliz jugando a encestar al aro, salté hacia su oído y le dije: ¡No es cierto!

Le pedí que se conectara con su corazón y que se pusiera en su lugar, le pregunté que cómo se sentiría si la roban de su mamá. Entonces ella empezó a decir que el "zoo-lógico" es un lugar muy triste, que los Seres animales viven solitarios en las cárceles y que ella quisiera abrirles las jaulas para que se vayan a reunir con sus familias y puedan vivir en sus hogares naturales.

La persona mayor que les toma la lección, le dijo que eso no es cierto y fue allí cuando todos los niños se pusieron a llorar — tal como lo hizo el oso polar —, y la j-aula de los niños se llenó de Rhom triste. Luego de todo eso, ella le dijo a Carmín que esa investigación que había hecho no servía y que le pondría cero en su trabajo.

— "¡Tienes un cero grande y redondo…! "—,
    fue lo último que dijo mirando fijamente
    a los ojos de Carmín.

Cuando fue el momento de salir de la j-aula donde estuvimos largas horas, salimos a un verde prado donde se comió lo que llevaba y luego entramos a otra j-aula. A ella la llegaron a recoger y me dijo que iríamos a su clase de gimnasia. La vi hacer una rueda de gimnasia muy linda, se subió a unas argollas donde felizmente se balanceó girando sobre ellas, trabajó otros ejercicios muy alegre y nuevamente nos fuimos a su hogar, donde tenía que hacer tres deberes, comió y luego se durmió...

Viví 7 lunas y 7 soles con Carmín, y no pudimos jugar, aunque entre j-aulas hablamos y entre comidas nos reímos y aprendimos maravillas el uno de la otra y al reverso.

Gracias Carmín, lo más lindo que tiene este astroide eres tú.

Gracias, amigo Azul. Tú eres muy lindo también.
Contigo me siento feliz...

Registro #7

Carmín es muy dulce, estuve con ella 7 lunas y 7 soles, platicamos y reímos llenos de alegría, aunque como le dejan hacer muchas investigaciones en la escuela — por lo menos tres deberes cada día —, y anda de j-aula en j-aula con diferentes profesores, dijimos que en otro momento jugaríamos.

En la familia de Carmín comen rápido, se saludan con un buenos días y buenas noches. La niñez del planeta no juega y si lo hace no la vi hacerlo, ni pude jugar con ella. Las personas mayores dejan a la niñez largas horas con otros mayores, a quienes llaman maestros. Trabajan y la maestra de ella, no valora la verdad de sus sentimientos acerca del zoo-ilógico y cuando los niños dicen una verdad que no le gusta, les ponen unos grandes ceros. Parece que a los niños de las j-aulas no les agradan los ceros, pues cuando los maestros se los colocan, a algunos les salen gotas de Rhom de sus ojos, lo que significa según lo acabo de aprender, que se sienten tristes.

¿Qué es lo que dices Hombrecito Azul?
Que la niñez de este astroide únicamente pasa trabajando. Recibe clases durante cada sol, hace deberes, investiga y no le dejan espacio para jugar y al sonar un círculo que

hace "ring" y les despierta, hacen lo mismo nuevamente durante cada sol y cada luna.

No puede ser. ¿Será que nos equivocamos de lugar?
¿Por qué lo dices Cristal?

Es que en este libro dice que la niñez juega feliz entre la Naturaleza. Vive una vida tranquila. Come despacio para que los alimentos le nutran. ¡Dialoga en familia…! Descansa e inventa con la magia que lleva en su corazón y desarrolla su creatividad. Comparte con más niños en un ambiente de alegría. Asiste a escuelas donde no se les enj-aula, aprende en ambientes donde se escucha linda música, se les respeta y se les guía hacia grandes valores que impulsan la felicidad.

Cristal: creo que hemos caído en un meridiano galáctico de otra dimensión, todo lo que dice el mago en este libro no lo vi en la vida de Carmín y de sus compañeros de j-aulas, pues muchas veces los escuché decir: "Vámonos rápido que ya va a empezar la otra clase". "¡Tengo que hacer cinco deberes, no hay tiempo para nada más!".

Registro #8

Encontré una niña que es dulce y linda, pero a la niñez de este planeta no le dejan espacio para crear, inventar y jugar. Creo que venimos a parar a un lugar donde solo se vive en j-aulas en las que se investiga.

Ah, ya sé, por lo que se ve aquí preparan a los niños y a las niñas para que cuando crezcan sean iguales, es decir, como moldeados a un sólo molde que muchos profesores y el sistema nada pedagógico diseñan y esperan que deben replicar.

Lo que miro en el Astroide 3, es que únicamente pasan cnj-aulados y que, ya acostumbrados a las rejas, conforme se vuelven mayores, buscan enj-aularse sin sentir, por pura comodidad.

Creo que mis amigos y yo, caímos en un lugar diferente adonde nos dirigíamos, aquí se ha de llamar el astro jaula antipedagógico y sólo el que vive enj-aulado para aprender a trabajar o trabaja para vivir, subsiste. Además, se come muy rápido sin disfrutar con Consciencia de todas las bendiciones y luego se duerme, sin jugar...

Este es un Planetoide-astroide 8558, tan lejano a lo que la niñez merece y ha de vivir. Aquí sólo se piensa y se vive si se tiene dinero. Es un zoo triste y una j-aula donde se enjaula la creatividad y espontaneidad de la niñez...

¿Qué haces Hombrecito Azul?
Escribo acerca de lo que ocurre en este astroide 8558.

Registro #9

Encontré una niña que es dulce y linda, pero la niñez no juega en este planeta. Creo que venimos a parar a un astroide donde únicamente se trabaja en j-aulas. Aquí preparan a los niños y a las niñas para que cuando crezcan vivan enj-aulados. A este planeta lo llamaré el planeta de las j-aulas antipedagógicas donde únicamente se trabaja, se come y se duerme. Además, donde sólo se piensa y se respira si se tiene dinero y se puede consumir. Es un zoo triste y también una enorme prisión.

Es cierto lo que mencionas amigo Azul de las estrellas y eso que apenas estoy en primer grado, los niños mayores no se levantan de sus pupitres... Al menos aquí tenemos un día para traer nuestros juguetes y en ese día, hay una hora en la que la clase se convierte en alegría.

— Carmín lloró y el hombrecito Azul la abrazó con Amor, luego recogió una lágrima de la niña. A continuación, se acercó a la burbuja de la cual emanó y con su dedo azul sumergió con ternura la lágrima de su amiga para depositarla adentro de la esfera donde dibujó un corazón—.

Cuando los niños de este astroide crecen, pasan la mayor parte de sus vidas viendo para abajo por sobre sus pupitres…

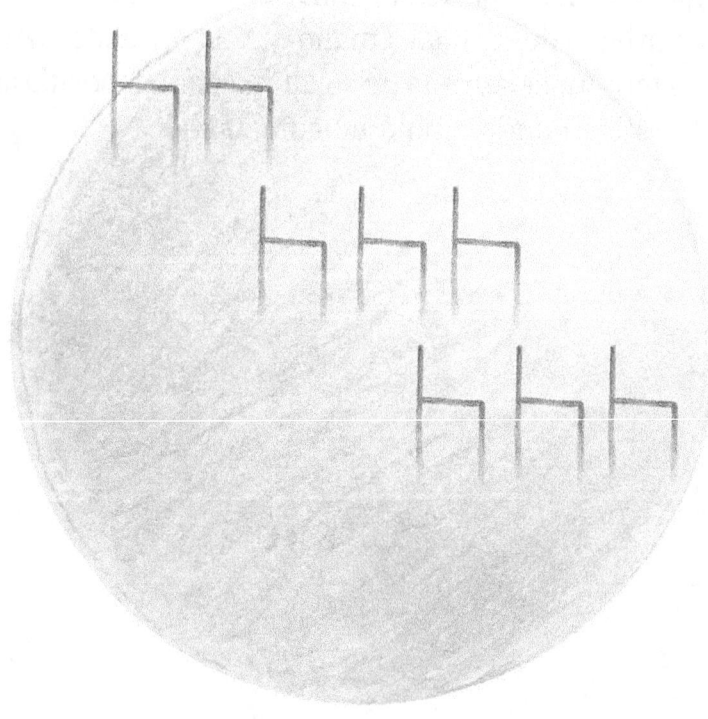

Mi querida Carmín, vivir 7 lunas y a 7 soles cerca de ti, ha sido maravilloso. Nunca dejes de Ser tu misma. Encuentra ratos para saltar, para jugar, cantar, vibrar desde tu corazón, para que cuando crezcas continúes jugando y sonriendo; además, di siempre tu verdad, aunque quienes vivan en tu astro, no estén de acuerdo contigo.

Debo dejar el astroide donde vives por ahora, más quiero dejarte este corazón rosa por medio del cual nos podremos contactar...

¡Gracias Hombrecito Azul, buen viaje!

Claudia Llerena

Cuadroide Gritan.

Llamalú y Daniela.

¡Este planeta es muy extraño…!
¿Qué tiene de extraño?

Que todos gritan cuando me miran…
Yo no.

¿Y tú quién eres?
Daniela. Soy una niña que tengo siete años.

¿Y por qué ellos gritan y tú no?
Parece que te tienen miedo…

¿Qué es el miedo?
*Gritar cuando miran algo que les da
miedo y salir corriendo para no verlo más.*

*Cuando ven una lagartija, gritan.
Cuando ven a un ratón, ni se diga.
Cuando ven una araña que va bajando
en su telaraña, eso sí que les asusta.*

¡A todos les gusta gritar mucho…!

¿Qué es una lagartija, un ratón y una araña?

Son unos círculos y líneas que caminan como arrastrados - acostados. Cuando se acercan y los miedosos se dan cuenta de que se les aproximan, al menos los hacen levantarse de las sillas donde viven pegados casi todo el día...

Esta es una lagartija...

Este es un ratón...

Esta es una araña...

Y esta es una silla…, es el número 4 si le das vuelta y significa un Cuadroide, que es como un cuadrado donde has llegado y muchos gritan.

Las lagartijas, los ratones y las arañas se parecen mucho a los gritones, sólo que en lugar de caminar como ellos lo hacen, así, de pie, como lo hago, caminan arrastrándose y verlos desplazarse así es lo que les hace gritar y salir corriendo de pánico.

Jajaja…

Yo Soy ésta y voy caminando…
sí me miras bien, verás que no
me arrastro. A quienes los
gritones temen, caminan acostados.

¿Esa es la diferencia?
Sí. Cuando ven a mi mascota gritan más, además, se van corriendo y yo me río muchísimo. Si que me hacen gozar.

¿Cómo es tu mascota?
Así:

¿Cómo se llama?
Flor.

¿Todas las flores de este lugar son así?
No. Ella es una serpiente y es mi mascota porque vive en mi hogar. Cuando nació, de nombre le puse Flor.

¿Adónde he caído Daniela?
En el cuadroide 4 4 4 4

¿Y qué es lo que ocurre aquí?
Que cuando algo diferente cae, gritan.

Cuando me miran Daniela, todos dicen: "Hay viene un monstruo" y salen corriendo para alejarse de mí y lanzan muchos gritos.

¿Quiénes?
Los que me ven. Además, cavan un hoyo y se meten en él, como queriéndose esconder.

Jajaja…
me gusta verlos gritar y correr, al menos parecen vivos.

¿El cuadroide 444, se llama gritan?
Te faltó un 4.

¿El cuadroide 4444 se llama gritan?
Creo que así debería llamarse. Es el planeta de los gritones, o, mejor dicho, de los miedosos.

¿Qué significa 4444 ?
Un cuadrado así:

¿ 444 ?
Un triángulo así:

¿Y por qué este planeta es el 4444 ?

Creo que porque todo es un cuadrado. Aquí todos viven muy bien entre el cuadrado y si viene un triángulo o alguien como tú, no encaja en este mundo y se las ingenian para cuadricularlo, sino lo pueden hacer, lo lanzan al espacio donde lo ex-j-aulan.

Si te quedas aquí, te verás así de cuadriculada. Jajaja... una llama morada y linda, adentro de un cuadrado.
Jajaja...

¿Y tú Daniela, eres cuadrada?

No. Yo me disfrazo de cuadrada, pero a cada rato me quito el disfraz y es cuando los hago temblar... Esa es mi tarea, jugar con ellos, así por lo menos se levantan de las sillas cuadriculadas.

Para eso estoy aquí, para quitarme el disfraz y hacer que corran mucho y que griten sin parar. La verdad que mi trabajo me gusta pues hago que se levanten de las sillas cuando les acerco a Flor, y cuando se vuelven a sentar, la andan buscando por todos lados. Esa es la parte chistosa de vivir aquí.

¿A qué has venido?

Acompaño a Los Amigos de Un Principito, **a esta misión espacial.**

¿Dónde están ellos?

En el corazón.

¿Tienes acaso un amigo que es azul y que quiere aprender a jugar? Es así:

Sí, ¿lo has visto?
Es mi amigo y de regalo me ha dejado un corazón rosa.

¿Y para adónde se fue?
No le pregunté. Pero si quieres venir a mi hogar, le podemos preguntar, aunque sólo si me prometes que no tocarás el corazón rosa.

¿Qué es "prometes"?
Que, si me dices que sí, lo cumples.

¿Qué es lo "cumples"?
Que, si te pido que no lo toques, no lo tocas. Si lo prometes y lo cumples, te enseño el misterio de mi corazón.
Voy contigo.

Pero antes di: "Lo prometo y lo cumplo".
"Lo prometo y lo cumplo".

*Son reglas cuadradas típicas del cuadroide **4444**, donde me disfrazo como un cuadro. Antes de entrar a mi hogar te disfrazaré, sino además de que gritarían al verte, no te dejarían entrar... Ven llama morada, haré un cuadrado y te vestiré con él. ¿Estás lista?*

Registro #10

Estoy en el cuadroide 4444 donde me he encontrado con Daniela, una niña de 7 años. Ahora me disfraza de cuadrado para poder entrar a su hogar, pues no admiten algo que no sea cuadrado. Dice que en este lugar le tienen miedo a todo lo que se arrastra y cuando le ven, gritan y salen corriendo de la silla donde pasan sentados todo el día y buena parte de la noche.

Daniela es amiga de Azul, se ríe mucho, no es miedosa y dice que hemos llegado al cuadroide de los miedosos.

¡Hola Daniela! Qué bueno que ya llegaste, vamos a cenar. ¿Quién es tu acompañante?

Se llama Llamalú, mamá.
 ¡Hola Llamalú!

No puede hablar porque esta disfrazada de cuadrado y los cuadrados no hablan, ni comen, pues hemos hecho un trato por algunas horas. Se quedará en mi dormitorio y le guardaré la cena para más tarde.

Tú y tus juegos…

Ven Llamalú, vamos a mi alcoba. Ya regreso para cenar mamá.

¿Y ahora qué hago?
Habla con el Hombrecito Azul, Llamalú. Mira, puedes hacerlo a través de este corazón que él me obsequió y dile que no hablo con él, pues ya sabe las reglas de la cena en mi hogar... Sólo hay algo que no puedes hacer, tocar este corazón que es mío.

Lo prometo y lo cumplo.

Al fin ya cené. Llamalú, ¿dónde estás...?

¿Adónde te has metido? Ya sé, me quieres sorprender o asustar, pero nadie logra asustarme, pues no me asustan los círculos y líneas que caminan, ni los que se arrastran, disfrazan o esconden.

¡Llamalú!

— Como por arte de magia, entra volando por la ventana una llama pequeña de fuego violeta —.

¡Hola!
Hola, ¿eres Daniela?

Sí, pero tú no eres Llamalú.
Soy Llamita y traigo un mensaje de ella para ti. Dice Llamalú, que cuando ella habló con el corazón rosa — que no tocó, porque te lo prometió y cumplió —, una energía la llevó hacia donde sus amigos y se encuentra metida entre un hueco.

Jajaja... algo le habrá dado miedo para encerrarse en un hueco. Así se encierran los miedosos.

El hueco donde se encuentra ahora Llamalú, es una cueva muy grande. Ella es como tú, no tiene miedos mentales pues su corazón es tan grande como el tuyo. Creo que ella y el Hombrecito Azul, se dirigen hacia una misión trascendental. Me dijo que no dejes de reír, que goces cada día y que le manda saludos a Flor.

Dile a Llamalú que muchas gracias, que le mando saludos y que dice mamá, que antes de salir de mi hogar, se debió despedir de ella... después de todo, Llamalú entenderá que el mensaje sale del cuadroide 4444.

Registro de Daniela.

Asteroide 4444. Así salen corriendo los gritones.

— Aparece un niño entre Daniela y Llamita —.

¿Y tú quién eres?
Un fabricante de ilusiones.

¿Tienes nombre?
Pues me pusieron Gabriel.

¿Para qué lo hacen?
Para diferenciarnos.

¿De quiénes?
De Cuagua, de Isabela, de Artu, de Sol, de Maria,
y luego te dicen que debes ser como ellos...

Primero nos quieren diferenciar de los otros llamándonos
con un nombre y luego nos comparan para igualarnos. El
mundo de los mayores me hace reír, pues se contradicen a
ellos mismos.

Dicen que no le tienen miedo a nada y le tienen miedo a
todo, además de esta cuestión en la que se enredan que
tiene que ver con lo de la identidad.

Nos quieren diferenciar de lo que los demás tienen. De sus identidades. Aquí les gusta poner un nombre y cuando te lo ponen, te empiezan a vestir de sus expectativas. Son docenas, centenas, millares de ellas que colocan sobre tu cabeza, y cuando naces te etiquetan con muchas viñetas y a veces el pegamento que le colocan a sus expectativas cuesta retirarlo de la vida. Y si antes eras liviano, con las expectativas que te ponen, te miras así:

¿Pero Gabriel, tú no eres así de cuadrado?

Lo que ocurre es que no me he dejado poner tanta expectativa, porque con tantas ni podía correr, ni mucho menos jugar.

¿De qué juegas?

De algo parecido a lo que hace Daniela, ella me enseñó su juego predilecto. Al menos cuando asusto a los mayores reaccionan ante mí, y si te fijas bien, no lo hacen de una manera esperada o encajonada. Cada vez cambian sus reacciones, pues ante el miedo que les doy de no poder gobernarme, sólo responden sin pensar.

Al menos dejan unos segundos a la cabeza y cuando la dejan, sí que se hacen divertidos. Se miran así y se parecen tanto a los erizos del mar, que, si se vieran, se asustarían tanto que escaparían de ellos mismos.

¿Para qué les asustas Gabriel?
Te lo diré, pero te lo guardas...

¿Qué quieres decir con "te lo guardas"?
Que no se lo dices a nadie...

Me lo guardo.
Es que cuando le hablo a los mayores, sin asustarles, jamás me escuchan. Cuando les digo: "te quiero mucho", a veces sólo me dicen "yo también" y continúan pegados a su silla. Si les pido que juguemos, siempre me dicen: "estoy trabajando" o "más tarde" y muy pocas veces hacen espacio para que juguemos.

Mientras que cuando los asusto, inmediatamente reaccionan y se mueven del lugar donde pasan horas, días, semanas, como congelados... Es de la única forma ante la cual me responden sin pensar, por eso son espontáneos y tan graciosos. Si no hiciera lo que hago, me aburriría mucho en este lugar.

Registro #11

Daniela, la amiga de Llamalú, nos ha dicho que los mayores del Cuadroide pasan pegados a una silla, y que para despegarlos se las ingenia asustándoles con los palitos y círculos que caminan acostados. Ella dice que sólo así consigue que dejen a la cabeza.

Y lo que hace Gabriel, para que los mayores dejen de actuar sin prestarle atención, es asustarles. Al lograrlo, ellos le escuchan unos minutos.

Planetoide Torres de Papel.

Cueva BBZ.
Carmín y el Corazón Rosa.
El Hombrecito Azul y Llamalú

— El corazón rosa entra en contacto con Carmín —.

Llamando a Carmín…
Aquí Carmín, respondiendo a Llamalú.

Te contacto desde la cueva BBZ.
Te escucho, ¿qué sucede?

No lo sabemos, quisiéramos nos digas lo que ocurre en BBZ.
¿Y mi amigo Azul?

Aquí contactando a Carmín, Soy Azul y si me escuchas más lejos es porque estoy en un punto más profundo de la cueva, donde se encuentra Llamalú.

Llegaré a BBZ.
Te esperamos Carmín.

Sí. Sólo dejo una nota a papá y a mamá, para que no me busquen por toda la casa. ¡Ya está! —"*Corazón rosa, llévame donde se encuentran Azul y Llamalú* —".

Hola Carmín. *¡Hola Hombrecito Azul...!*

Mira atrás de aquella roca, ¿sabes acaso quiénes son y qué hacen? *Creo que son los reptiloides, pero de unos que no son como Flor.*

¿Y qué hacen ellos en este planetoide?
Escuché decir a un mayor, que ellos son los que fabrican bombas — *mira aquellas redondas que se alcanzan a distinguir allá al fondo* —, *parece que son de las que explotan muy fuerte. Además, hacen armas nucleares y mira cuánto dinero sucio guardan.*

¿Has dicho dinero? *Si, pero es del que hace sufrir.*

Pero eso con lo que forman las torres no se parece a las ruedas de metal que se tienen que poner en la máquina de la entrada del zoo-ilógico.
Es que las ruedas o monedas que se usan en el zoo, tienen menor valor que cada pedazo de papel de a 100.

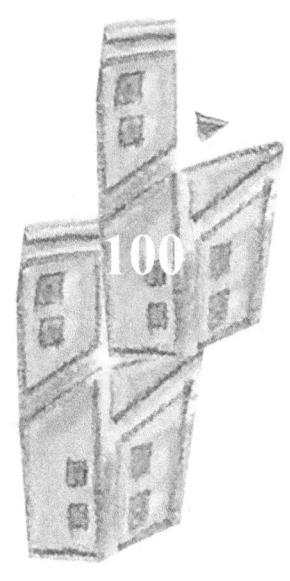

¿Y qué hacen con tantas torres de billetes de a 100?

Aferrarse a ellas, contarlas cada día, acumular y guardar en grandes bóvedas todo lo que consiguen recoger. Además, obtener cosas que cuestan muchísimas torres de billetes de papel y vivir en casas que parecen fuertes. Dormir en camas con incrustaciones de oro y entre más compran, edifican más torres de otras cosas.

Ellos son de los que guardan 365 pares de zapatos con los que hacen torres, para no repetir un sólo par ningún día de cada año.

¿Dime Carmín, cómo consiguen tantas torres de dinero sucio?

Pasan pegados a las sillas de sus escritorios, de sus aviones y de sus yates hablando toda su vida acerca de negocios sin honor, o escribiendo reglas que les favorecen siempre. Hacen números toda su existencia y entre más trabajan, más torres de papel tienen y con cada torre pueden comprar el vivir que les gusta, pues de secreto en secreto, se van adueñando de todos los negocios secretos y sucios de este planetoide.

¿Y todos los habitantes de este lugar tienen torres de papel?

No, Hombrecito Azul. Algunos no pueden beber ni tan siquiera agua limpia, pues por ella se paga con papel. Tampoco pueden comprar ropa que les abrigue si hace frío, duermen entre cartones y sus hogares son un par de láminas a través de las cuales la lluvia se cuela. Muchos son los que padecen hambre, pues la comida vale papel y tantos son los que no tienen ni una moneda, ni mucho menos un pedazo de billete.

Entonces no pueden entrar al zoo-ilógico, al menos no contribuyen con esa j-aula donde hay tanta tristeza por la que muchos pagan para entrar. ¿Y cómo pueden vivir en esas circunstancias?

Viven un minuto Hombrecito Azul y se mueren de hambre, de pesar, de una enfermedad, o de frío...

¿Qué es un minuto? Este respirar...

¿Y dos respirares? Dos minutos.

¿Y los que no tienen torres de papel, no alcanzan
a vivir ni tan siquiera dos respiraciones?
No. Mira Hombrecito Azul, en este planetoide si no se come,
no se vive y si no se tiene torres de billetes de papel, te mueres
de hambre.

¿Qué es morir?
Es dejar este cuerpo para irte a otro astro.

¡Ah ya sé!, es lo que le sucedió a un amigo
cuando en el desierto experimentó la mordedura
de una serpiente.
Si es venenosa puede ser. Flor, mi amiga-mascota, no lo es...

¿También se mueren de calor como el des-polarizado a
quien se le está derritiendo su vida?
Sí Llamalú, en los lugares donde el calentamiento es excesivo
porque han talado al bosque para lucrarse con sus maderos.

¿Qué es venenosa?
Algo que, si te cae, te manda afuera de esta galaxia.
Se llama veneno.

Por favor háblame acerca del veneno.

Mira amigo Azul, allá en las torres y en la cueva BBZ hay mucho veneno. El apego a las torres de papel es venenoso y ya envenenados lo único que desean hacer es construir más imperios de torres envenenadas.

No se comparte nada, sólo se hacen torres. Hay mayores que desde que nacen y aprenden a caminar, se pasan su existencia haciendo torres, ese es su oficio y nunca dejan de hacerlas, entre más las hacen, más se sonríen...

— El Hombrecito Azul ya no preguntó.
Se sentó y dibujó en la cueva, un símbolo —.

Registro #12

El planetoide donde me encuentro es así:

Claudia Llerena

¿Qué son las bombas y las armas nucleares?
Son instrumentos que explotan así:

¿Y para qué las quieren usar?
Algunos mayores dicen que los que hacen bombas quieren acabar con una gran parte de este planetoide.

¿Y para qué quieren acabarlo?
No lo sé. Lo que ocurre es que ellos viven una explosión interior y lo único que pueden hacer es explotar.

¿Qué tal si los asusto con Flor, para que cuando salgan corriendo como los miedosos, tú y Llamalú se lleven todo el arsenal?

¿Qué es el arsenal?
Esa montaña de bombas y de armas que guardan para hacer la guerra, con la cual obtienen miles de torres de billetes sucios de a 100.

¿Has dicho la GUERRA?
Sí, Llamalú.

Una guerra aniquiló a Quarsum, un planeta que antes de una gran explosión, era pacifista.
¿Cómo nos pueden ayudar tú y Llamalú, amigo de las galaxias, para que no funcione nada de lo que guardan en ese arsenal con lo que están planeando algo abominable para mi planetoide?

Por de pronto es mejor que no te vean, ni que miren a Flor, no vaya a ser que las quieran hacer explotar. Llamalú, ¿escuchaste bien lo que dice Carmín? Todo eso que esconden los reptiloides son armas para hacer la guerra.

Entonces hemos de hacer algo.
¿En qué te podemos ayudar Carmín?

Puedes bailar frente a ellos Llamalú, así verás como cuando te vean se les pararán los pelos de punta y saldrán espantados de la cueva, pues como eres una llama morada, ni se imaginan que existes y, más aún, que vuelas y bailas frente a ellos.

Sí, lo puedo hacer Carmín, porque tú, oriunda y responsable de este lugar, me lo pides y tu intención es detener una explosión en tu planeta.

Cuando lo hagas Llamalú, Azul y yo, y tú también Flor, haremos el sonido de Buuuuu, y ya verán como salen corriendo despavoridos los miedosos que hacen bombas explosivas y dinero del sucio.

Registro #13

Los papeles de nominación de 100 que se obtienen de manera sucia aquí valen más que las ruedas de metal, por lo tanto, si alguien tiene solo ruedas de metal vale menos que quien tiene torres de papel y si no tiene ni papeles de a 100, ni ruedas, parece que no vale nada.

En este planetoide los que acumulan de estos papeles de a 100, se creen los dueños de todo, pues hacen y deshacen a su antojo.

HE LLEGADO AL PLANETOIDE TORRES DE PAPEL. AQUI SE COME PAPEL, SE DUERME PAPEL, SE SUEÑA PAPEL, SE VIVE PAPEL, SE TOMA PAPEL Y ENTRE MAS PAPEL TIENES Y HACES, MAS ILUSIONES VIVES, Y SINO TIENES DINERO SUCIO, LOS DUEÑOS DE LAS TORRES DE PAPEL SON COMO LA SERPIENTE, TE DAN UN SERPENTAZO Y TE DEJAN MORIR...

Cuando bajamos de las estrellas para jugar con la niñez de este planetoide, no sabíamos el juego que veríamos jugar. Lo que es esencial es que cuando pueda surgir el episodio de la guerra, se contrarreste con un juego de gran ingenio y se haga algo de inmediato para que no ocurra, pues es importante detener la guerra que traman quienes quieren hacer más torres de papel a costa de ella.

— Cuando Llamalú entró bailando a la cueva de los que explotan, acompañada por cientos de llamitas moradas que bajaron y se unieron a su causa, los que viven para cuidar bombas y torres de papel, salieron corriendo despavoridos con los pelos parados y se llevaron el susto de sus vidas —.

— Al atardecer regresaron con grúas y armamentos pesados para deshacerse de Llamalú y de su familia de flamas moradas y el ejército de miedosos se encolerizó tanto al encontrar que una buena parte del arsenal que guardaban había sido reducido a cenizas y que todo el armamento, como las bombas, había sido derretido —.

¿Puedo escribir en tu registro, Hombrecito Azul?
Claro que puedes Carmín.

Soy Carmín, y en nombre de la niñez del planetoide Torres de Papel, le agradezco al Hombrecito Azul, como a Llamalú y a Flor, por su gran contribución intergaláctica para la Paz y evolución de mi planetoide, si no hubiese sido por ellos, la niñez ya estaría explotando.

Hasta la vista Carmín.
¡Hasta pronto mis amigos!

¿Qué es pronto?
Ya.

¿Qué es ya?
Jajaja...

Cuando quieras comunicarte con nosotros, rememora al corazón rosa.
Lo prometo.

¿Qué es lo prometo?
Jajaja...

Claudia Llerena

Parti-doide del Astroide 3.

Feliz...

¿Adónde hemos llegado Llamalú?
No lo sé Azul.

Estamos en No Lo Sé.

— *¿Qué es lo que no sabes?* —.

¿Y tú quién eres?

Alguien a quien han partido y ando buscando mis partes.

¿Qué significa partido?

Lo que se vive aquí.

¿Cómo te llamas?
Ahora me llamo partido.
Antes de que me partieran, me llamaban Feliz.

¿Qué buscas?
Mis partes…

Si nos explicas, quizás te podamos ayudar.
Yo era completo.

¿Y dónde están tus otras partes?

Las escondieron para que no sea yo mismo, pues lo que ellos quieren, es que yo sea como ellos actúan.

¿Quiénes son ellos?
Los partidos que parten y que nos obligan a vivir partidos y entre los partidos hacen luchas internas y externas, tanto que si te quieres salir de sus batallas te persiguen y no te dejan circular en libertad.

Háblame de la libertad.
Así es:

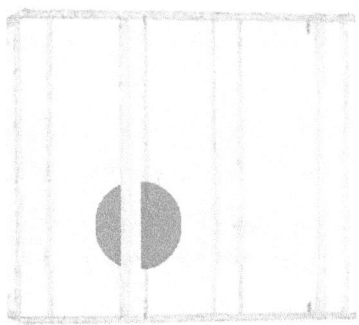

Y como medida para que formes parte partida de los partidos, te quitan partes de ti y las esconden. Vivir sin la totalidad de lo que eres, es algo que no deseo seguir siendo. Yo era Feliz, me sentía completo y fuerte, alegre y ahora sólo soy dos ojos, dos lentes y mis pies. Me han robado lo que no les pertenece y al recuperar mis partes, me iré de este parti-doide.

¿Y ustedes dos quiénes son?
— **Soy Azul**.
— **Soy Llamalú.**

¿De qué partido son?
De ninguno.

Ustedes dos son peligrosos…

¿Por qué?
Porque al menos los que son de algún partido se sabe a qué bando pertenecen, pero los que no son de ningún color, sí que son peligrosos.

Nosotros somos Los Amigos de Un Principito.

¿Y a qué partido pertenecen los amigos de ese Principito?
A ninguno, somos completos y no nos partimos.

No hay nadie que viva en este Parti-doide que no pertenezca a algún partido, o al menos a algún credo.

Es que somos de las estrellas.
¿Dónde están sus naves?, si me las enseñan, les creo.

Mira Feliz, ocurre que cuando nos dirigimos hacia alguna latitud, desde nuestros corazones formamos una burbuja dorada y viajamos en el interior de su núcleo.

Ustedes creen que no miro bien. — A ti, Hombrecito Azul, te han dejado sin ropa y cuando te partieron los de tu partido te quitaron la barriga, además, escondieron tu pelo y ahora que lo veo, te quitaron los ojos —.

> *— Y en cuanto a ti, Llamalú, te quitaron el cuerpo y te dejaron una melena recogida para que parezcas una llama de fuego morada —.*

Mira Feliz, ¿acaso has visto en tu Parti-doide que alguna llama morada vuela?

He visto cosas tan raras que verte así no me extraña... Mira nada más, ahora sólo soy mis ojos con lentes y mis dos pies, lo demás que me quitaron lo ando buscando.

Te revelaré algo de nosotros, Feliz. En nuestra estrella sólo miramos con el corazón...

¿Entonces el partido de ustedes se llama corazón?
No tiene nombre, porque no somos de ningún partido, pero si quieres te podemos acompañar a buscar tus partes, pueda que juntos las podamos encontrar.

Bueno, aunque eso de que no son de ningún partido no se los creo, pues yo los miro bien partidos.
Nos miras desde lo que tú crees.

Si puedes dejar de ver lo que te han enseñado a mirar, podrías encontrar la libertad que anhelas. Intenta cambiar el canal mental y déjate guiar por tu hermoso corazón.

Si van a ir conmigo a buscar mis otras partes, les iré explicando como tienen que camuflarse, pues si pasan de un partido a otro, tienen que saber actuar como ellos actúan.

¿Qué ocurriría si no lo hacemos?
Empieza la guerra…

— *¿Has dicho la GUERRA?*
— *Sí.*
— **Entonces seguiremos tus instrucciones.**

Ahora nos tintaremos todos de café y es importante que se coloquen de esta tonalidad en todas las partes de sus cuerpos.

¿Para qué?

Para que no nos partan en más pedazos, no vaya a ser que me quieran quitar los lentes y sin ellos ya no pueda mirarlos. Ahora entraremos al partido que ofrece cuidar los bosques y *la ecología, al que se unen por ciertos intereses algunos que pintan propaganda partidaria en los árboles, tala bosques a escondidas y le quita su hogar al pájaro carpintero. Este partido habla del calentamiento global y lo que habla se lo lleva el viento, pues por allí anda bajo de agua con sus actos calentando más a este parti-doide donde te parten.*

Ya estamos pintados.
Vamos...

¿Quién es aquel mayor pintado de café que está mirando con un ojo?
Es uno de los que pertenecen "a los café" y mira a través de un telescopio de su color.

¿Para qué?
Toda su vida trabaja buscando con el telescopio a los que no son de su partido y frecuencia.

¿Y si los encuentra?
Les pone un bozal.

¿Un bozal?
Sí.

¿Has dicho que les pone un bozal?
Sí.

¿Dónde están los bozales?
Los guardan en una bóveda.

Mira Hombrecito Azul, a aquellos mayores les han puesto bozales. Si te fijas bien unos están pintados de azul, otros de amarillo y aquellos son rojos. Como no son "café", si los encuentran les ponen bozales.

¿Y qué les sucede cuando les colocan de esos bozales?
No pueden hablar en ningún lado, ni pueden expresarse en unas cajas a las que llaman radios, ni en otros canales de TV que son cuadrados, a menos que se disfracen de sus partidos y que hablen lo que las cajas desean transmitir.

¿Qué es todo eso que dices? ¿Cajas de radio y de TV?

Son más partidos que están súper-partidos entre los cuales figuran algunos periódicos que escriben cosas que no son verdad. Varias son las estaciones de radio que hacen infinidades de torres de papel anunciando propagandas partidarias que alimentan intereses alejados de la ética y consciencia, de la solidaridad y el respeto a la Naturaleza. Y en cuanto a programas de TV, son tantos los que intentan partir y hacen temblar del miedo a su público.

Gracias Feliz, por compartirnos tus experiencias en este espacio donde vives. En este instante hemos de subir a las estrellas y desde nuestro hogar lanzaremos un rayo dorado directamente al punto exacto donde se encuentre alguna parte tuya que los de los partidos te han escondido. Con nuestro Amor, todo saldrá a la Luz, **así que mantente atento a los círculos dorados que irán apareciendo en tu camino…**

Gracias, estaré atento a cada señal dorada que me envíen. La verdad, empiezo a creer que todavía hay algunos Seres raros, como ustedes, que no pertenecen a ningún partido y que ayudan sin ningún interés.

Registro #15

En este Parti-doide se vive la ilusión de estar partido y entre los partidos hacen luchas. Toda la vida se la pasan luchando, ese es su trabajo: luchar.

Hay que camuflarse para parecer de un partido, pues si no se colorea de un color particular, los de los otros colores de partidos te declaran la guerra.

Hay un señor que sólo vive para trabajar mirando a través de un tubo que llaman telescopio, si detecta a alguien diferente a los de su partido, les pone un bozal. Toda su vida se la pasa mirando por el telescopio y se alegra tanto cuando logra descubrir a distancia a alguien diferente, pues por cada "extraño" que reporta, le dan un billete de papel de nominación de 100. Así que a los que trabajan expiando con los telescopios, también les gusta vivir para hacer torres de papel.

Los bozales los guardan en bóvedas y en este Parti-doide le dan un uso diferente, pues tengo un amigo Principito, que solía buscar un bozal para otro fin.

Grisiluso.

El árbol
y la abeja alquimista.

Bzzz… ¿Qué es lo que te ocurre árbol?
¿A mí, abeja?
Sí.

¿A qué te refieres?
**Al brillo de tus hojas, al color de tu cuerpo y ramas,
al de tus flores.**
Es que vivo en Gris…

**¿Sabes que tu esencia contiene a un arco iris tan
luminoso como el sol?**
¿Quién te lo dijo?
Lo sé y has de rememorarlo tú también.

¿Re-me-mo-rar-lo, es lo que has dicho?

Sí, sólo suelta a tu mente y rememora desde tu Ser.
Dices que mi esencia contiene a un sol y a un arco iris de color; sin embargo, yo me veo gris como el resto de los habitantes de Grisiluso.

¿Qué todos los que viven en este mundo se perciben grises?
Al menos todos los habitantes con los que me relaciono y que pasan por mis ramas son de distintos matices de gris.

¿Con quiénes vives?
Con la Naturaleza que me rodea.

¿Cuál es tu nombre?
Gris, ¿y tú quién eres?
Soy LeIM.

¿Qué haces aquí?
Ahora mismo recordarte tu esencia, pues percibo tu sentir gris, aunque no lo seas...

¿Y qué hacías antes?
Volar...

¿En el planeta de dónde vienes todos son grises
y tienen rayas como tú?
No, árbol, yo Soy dorada,
¿acaso no puedes ver mi rayo tonal…?

Sí que tienes imaginación para decirme que eres dorada,
cuando tu cuerpo es todo gris con rayas LeIM.
¿Con qué miras?

Con mis hojas…
Mira árbol, te entrego este minúsculo rayo espejo que un
mago de mi estrella me obsequió, cuando lo coloques en
tu corazón te revelará la verdad y no la ilusión mental
que crees que eres y que No Soy.

Tengo un problema LeIM.
¿Qué es un problema árbol?

Es algo que no sabes cómo resolver…
¿Qué es lo que no sabes cómo resolver?

Que no tengo ni idea de cómo encontrar a mi corazón.

¿Qué es una idea, árbol?
Algo que se piensa...

Bzzz..., eso es lo que te sucede; por buscar en una idea al corazón, te adentras en la cueva donde no se percibe la Luz que te lleva directo a su palpitar. ¡Al corazón no se le encuentra pensando con la cabeza, árbol...!

¿Y cómo hago para encontrarlo sin pensar?
Así... Únicamente bajas la sien y al bajarla aún más, lo mirarás y cuando entres en contacto con él, tu mundo cambiará.

¡No puedo encontrarlo LeIM!

Escucha bien árbol, cuando mencionas que no puedes lograr algo, consigues eso mismo que crees.

— ¿Amigo árbol, cuántas veces te he cantado que te puedo traer entre mi pico a una semilla dorada y que ella coloreará mi nido-hogar sobre tus ramas y a nuestro existir? —.

Lo que nos ha ocurrido pájaro, es que hay unos mayores que son grises y si vibras en la alegría del color, te cortan con unas grandes sierras y por eso mejor me quedo disfrazado de gris, para que no maten mi existencia.

Adentro de la cueva gris donde te encuentras por libre elección, continuarás siendo lo que No Eres, por el miedo a que te corten… Si decides salir de la cueva que les pinta de gris, vivirás la fuerza de Ser, aunque sea un instante lo que Eres, y si por ello has de ser aserrado, mueres siendo la obra de tu Naturaleza, no la de la anti-naturaleza de tu existencia.

—Con su dulce y profunda mirada grisácea, el árbol majestuoso miró al ave hermosa que era la única de ese lugar que no se había tintado de gris y le pidió al ave azul que tomara el espejo dorado que LeIM le obsequió entre sus alas y que lo colocara frente a él, para poder ver un instante lo que verdaderamente Es. La avecilla entonó con evidente alegría: "Con gusto y primor árbol amigo, descúbrete, bello hogar de mi Vida —".

— Casi de inmediato se empezaron a disolver los velos de aquel olvido por el miedo adquirido y mientras se corrían los patrones mentales de tristeza del gran árbol, los tonos grises se empezaron a caer y gradualmente fue llegando la Luz a él. Conforme su vibración penetraba en sus más íntimas células, la copa espesa de su cuerpo cobraba la frecuencia vibrante de la tonalidad esmeralda y cuando esto ocurrió, surgió una bella risa y con ella empezaron a manifestarse los colores del arco iris, transformando con su Amor a las aves que antes grises, habitan entre tan hermoso Ser —.

—   El corazón del árbol ejecutó una elevada y dulce vibración musical y mientras la tonalidad naranja de sus flores despertó, todo en su alrededor cobró sus más bellos matices de Luz. La ardilla que moraba en su interior, graciosamente le dijo a su pequeña hija: "¡cambiamos de color!", y cuando los niños que estaban entre sus ramas escucharon esto, adquirieron el rayo oro del sol que todos Son. Así fue como cuando en una parcela de Grisiluso ocurrió todo esto, la fuerza del corazón bordeó con la Luz donde había oscuridad y el árbol mayor exclamó: "¡Soy Luz!", y su luminosidad se tornó aún mayor conquistando con su brillo lo que acontece en su entorno —.

— Ambos niños lloraron de gozo, abrazaron al árbol y este los subió con su bello follaje de gran brillo a lo más elevado de sus ramas, de donde ellos vieron un enorme arco iris, ante el cual expresaron:
"¡El mundo es de colores…!"—.

— Y cuando una cotorra que antes gris sobre volaba entre los cielos, repitió lo que escuchó y se miró los bellos colores de sus plumas, la magia de Creer tornó a esa parcela de Grisiluso en un lugar sagrado donde la Luz arco iris es el diamante que les ilumina desde ese día —.

Bzzz… ¿árbol mágico, dé qué color Soy?
Del mismo que Yo Soy…

— Y ambos, más bien todos los Seres que moran en ese espacio donde se ancla la Luz, rieron al unísono —, mientras LeIM acariciaba a la floración naranja de ese bello árbol que despertó de un sueño, para vivir al Sol que Es —.

¿Y todo es dorado?
¿Quién habló…?

Soy Yo.
Amigo Mago, ahora el registro es dorado. A ver, déjame escribirlo y luego de que lo leas, continuamos nuestro viaje.

¿Quién eres tú?
Soy, lo que Soy.

— Y mientras el libro dorado se abrió de par en par, LeIM con una gota de su miel empezó a escribir —.

Registro #16

Todo es dorado como el Sol y su rayo oro surge luego de que un árbol que se creía gris y que tenía dificultad para encontrar a su valioso corazón, no confiaba en su tono esmeralda que acaba de encontrar.

Los habitantes de esa cueva estaban dentro de sus mentes carentes y no veían, sólo vivían la ilusión de lo que con miedo creían de Grisiluso.

Existen gotas de agua que salen de los ojos de los Seres, cuando están alegres, a esto le llaman alegría y esas gotas contienen sanación…

Cuando se Cree la Verdad que emana del corazón, resurge un arco iris de color que atrae a todo lo que vibra en sincronía con la Luz, por eso el Mago de Los Amigos de Un Principito ha bajado, para empezar el viaje en dirección inversa a lo que se ha estado viviendo en Grisiluso y en algunos otros mundos.

¿A qué inversa te refieres LeIM?

Rememora lo que Eres árbol y si algo te puedo asegurar, es que tú ya no eres más preguntas.

Jajaja… ¿Y tú por qué preguntas?

Para jugar de preguntar como hacen en estos lugares y ahora deja que juegue a acariciar a la flor del árbol de la Vida que pronto se convertirá en una fruta deliciosa.

¿Habrá frutas de miel y de color?

De mieles y de mágicos colores, dulces como LeIM y jugosas como esta fruta que ahora nos deleita.
¡Qué suculenta es!

Sí Mago, todo lo que tú Crees, lo Creas y Es.

Entonces creo que soy maravilloso
— respondió el gran árbol —.

Entonces lo eres.

¡Qué dulce está! Bzzz... Al polinizar a un árbol como tú, la elevada concentración de Amor que contienes hace brotar a un almíbar que cambia la energía de quienes lleguen a probarlo.

El Astro-Campo.

José, la yerba mala y OOOOOOO.

¿Qué haces niño?
Retiro la yerba mala, ¿y tú?

Viajo con mis amigos de las estrellas.
¿De dónde vienen y hacia dónde se dirigen?

De las estrellas y nos dirigimos hacia el corazón de los niños y las niñas. Dime qué es la yerba mala y para qué la retiras.

Es una energía muy agresiva que no deja respirar ni permite crecer con todo el potencial. Atenta contra la cosecha y quiere devorar a todo lo que atrapa, mas no lo puede lograr cuando se le retira de raíz. Mi trabajo es estar pendiente de ella, pues en un instante puede acabar con lo que encuentra y echar a perder mis sueños y a mis siembras.

Hace eones de Luz, un bello Ser solía vivir su existencia retirando la yerba mala que en su planeta intentaba aniquilar a la yerba buena que crecía... ¡Es noble lo que haces niño!

*Es que mis cultivos son tesoros
y bendiciones que hay que cuidar.*

¿Cuál es tu nombre?
José, ¿y el tuyo?

OOOOOOO
Tu nombre es un sonido...

Rememora José, que todo contiene su propia vibración. Tu nombre tiene una elevada frecuencia.

Lo sabía, porque a veces me elevo a las alturas y desde los Universos miro al Astro-campo, que por cierto desde arriba se ve pequeñísimo.

¿Vas a la escuela?
Mi escuela es el campo, el cielo y las estrellas, los ríos y la Naturaleza. Es aquí donde vivo y me encuentras, ésta es.

¿Juegas?
¡Mucho! Te enseñaré a jugar capirucho, vuelo cometas, dibujo y coloreo, además cuando vienen mis amigos jugamos a escondernos y siempre nos reunimos cuando ya hemos terminado de retirar la yerba mala y hemos abonado.

¿Qué es abonar?
Es proveer con Amor a nuestras siembras del alimento natural que les hace crecer fuertes y saludables. Si te fijas, las semillas de cacao que prosperan en este campo son inmensas.

¿Qué es el cacao?
Es el manjar de los dioses. Vamos a mi hogar te convidaré de los chocolates que elaboro de las semillas de su fruto. Mira OOOOOOO, estos son, puedes elegir los que te gusten.

¡Verdaderamente son mágicos! ¿Qué es todo lo que siembras?
Maíz, frijol, arroz, cacao y caña de azúcar. También legumbres y frutas. El árbol de guanábanas está en su pleno apogeo, ¿te gustaría degustarlas?

Probaré un poco, aunque mi alimento es de otro tipo.
Esta guanábana ya está en su punto para comer.

¡Es dulce y refrescante! Jamás había saboreado algo de un espacio que no sea de mi estrella, pero mi intuición me deja probar lo que cultivas y elaboras por el Amor que colocas en tus siembras y cosechas. Gracias José. ¡Es verdaderamente OOOOOOO!

Eres divertido OOOOOOO.
¿Qué es divertido?

Que me haces reír... Mira Mago, la cosecha es deliciosa porque todo en este campo es sembrado y cuidado con dedicación y Amor.

Las guanábanas del Astro-campo son divertidas.

Eres gracioso, Mago.
Son tan deliciosas que me hacen reír...

¿Cuál es tu estrella, OOOOOOO?
Se encuentra con relación al plano derecho de cómo ves la luna, visto desde este punto, a una latitud galáctica de 77531.7 grados hacia el noroeste. Cuando me visites te brindaré de mi maná. Es dorado y es una semilla deliciosa que crece entre los ríos de Luz.

¿En tu estrella hay mala yerba? **No.**

Entonces no trabajas para alimentarte.
No hay trabajos en mi hogar y el maná aparece cuando se agradece.

Aunque me gusta lo que hago, sería hermoso que ninguna yerba agresiva quisiera ahogar a mis plantas. Escucha bien OOOOOOO, parece que en este lugar se quiere infiltrar lo que ocurre en ciertos sitios aledaños al Astro-campo, pero jamás sucederá.

Es hermoso lo que haces, retiras lo que no es bueno de raíz y ese acto de Luz, aleja a la yerba mala. Dime José, ¿qué es lo que se quiere infiltrar?
¿De verdad no lo sabes?

No. Sólo lo intuyo.
Entonces lo sabes.

Ábrete esfera de Luz y muéstranos el plan que se gesta para inundar al Astro-campo de la yerba mala.

— Mágicamente surge una borla flotante de un cristal tan luminoso como el Sol y la magia blanca nos lleva en su interior hacia unas ciudades de cristal. Allí se puede apreciar cómo las comunidades de los Magos Esmeralda trabajan sin cesar, filtrando las aguas envenenadas donde han colocado — los cola larga —, unas larvas que se reproducen como yerba mala, intentando con ello acabar con las obras buenas de algunos mundos incluyendo con este Astro-campo donde el Amor prospera —.

Gracias OOOOOOO, por mostrarme desde tu clarividencia lo que planean ejecutar. Los ductos que han perforado los reptiles con el objetivo de intoxicar las aguas puras y todas las fuentes de vida son profundos. Para contrarrestar su plan, hemos de unirnos. De momento intentaré discernir lo que hemos de hacer, pero cualquiera que sea el plan, necesitaremos de ti, Gran Mago.

Cuenta conmigo José, me quedaré en tu hogar y si puedes brindarme otra porción de guanábana sería divertido.
Jajaja... aquí está.

Es lo más dulce que he probado.
Mira OOOOOOO, este es un capirucho y te aseguro que en tu estrella-hogar no los conocen, mira, se juega así y así...

Jajaja... así y así.

Registro #17

El cuido amoroso que se predica en el Astro-campo no deja crecer la mala yerba. Aquí se siembra, se abona y se cosecha con balance y armonía, se vive una vida sencilla.

La escuela de este lugar es tan hermosa como la Naturaleza, el campo, las siembras, el juego, la Vida dulce y se mira que la niñez verdaderamente la disfruta.

Hay un niño que elabora unos chocolates que hacen bailar de cabeza, además cultiva unas guanábanas dulces y refrescantes, que son divertidas y hacen reír.

Aquí se juega con este capirucho así y así. Además, se miran las estrellas, se ama a la Naturaleza, se vive al arco iris, al árbol y a la flor.

Mira este péndulo OOOOOOO, le preguntaremos lo que hemos de hacer con quienes siembran yerba intoxicada.

¿Pelear con ellos? — dice que no —.

¿Hipnotizarlos? — tampoco —.

¿Ofrecerles guanábanas y chocolates para que se hagan dulces y no amargos? — ha dicho un rotundo no —.

¡Ah… ya sé! ¿Considera usted señor péndulo, que OOOOOOO puede preparar una pócima para inyectarla en los lugares donde se están intoxicando, para que con ella se contrarreste a la yerba mala…? — Ha dicho que sí. Míralo bien, su movimiento oscilante es una contundente afirmación —.

¿Puedes hacer algo para ayudarnos OOOOOOO?

Muy bien, lo sentiré y luego te lo haré saber de alguna forma, aunque ya no venga a comer de tus deliciosas guanábanas.

Trato hecho. **Hecho**

El Plane-Sur.

Sheraz, Esmeralda y Cristal.

— El sendero que ahora camina Cristal, quien ha llegado desde una inmensa burbuja dorada, es cual si fuese un desierto. Mientras ella recorre un pequeño trazo, un niño que por entre la Naturaleza agreste camina, le da una bienvenida singular —.

¡Hola! **¡Hola!**

¿Quieres beber agua? Conozco un pozo mágico que canta e intuyo que después de viajar dentro de tu esfera podrías estar sedienta...

No tengo sed, pero deseo conocer al pozo que canta, vamos. ¿Cuál es tu nombre?

Sheraz.

Dime Sheraz, ¿adónde he caído...?
En el Sur de este planetoide. Aquí encontrarás docenas de cactus, montículos de arena, escarabajos con los que suelo jugar y toda una variedad de lagartijas de todos los colores, aunque también hay unas que son transparentes. Además, hay miles de cabras en libertad, muchos zorros sin domesticar y aunque ellos son mis amigos, cada quien y cada cual mora en su propio territorio sin depender el uno del otro.

Mira niña de la esfera dorada, me gusta ver cómo flotas, ¿me puedes enseñar a flotar? Ha de ser divertido volar... ¿cómo te llamas?

Soy Cristal y floto porque soy voladora.

¿Dónde están tus alas?

En el corazón...

A ver corazón, abre las puertas de tu compuerta para que yo, Sheraz, pueda volar hacia la Osa Mayor.

Jajaja...
¡Jajaja...! Por más que lo intento no me resulta, mira niña de la burbuja, creo que te falta darme la clave más secreta para que de verdad pueda volar.

Lo que ocurre Sheraz, es que cada uno posee su propio vuelo y mientras tú lo haces de una manera, yo lo suelo hacer desde el interior de mi esfera.

Aunque no comprenda que tu vueles y yo ande, parece ser como lo planteas. Aquí se llama Plane-Sur, ¿y ahora que tu esfera ha explotado, cómo conseguirás sobre-volar sin estar en su interior?

Mientras lo descubro, ¿podría acompañarte en tu camino?
Claro que sí, en el desierto hay misterios que se develan y que vivirás.

¿Qué es un misterio?
Es algo que está bien escondido y que no se ve con facilidad.

Si me coloco detrás de este cactus estoy escondida de ti, soy un misterio y no me miras...
¡Detente!

¿Qué es detente?
Que te quedes así de quieta como si fueses una estatua, sin aproximarte al cactus, pues si colocas tu dedo sobre él, encontrarás el misterio de las espinas que guarda.

¿Y qué son las espinas?
Son palitos puntiagudos que tienen filo y te pueden herir.

Registro #18

Estoy en la latitud estado Sur coordenada 33373. Sheraz es un niño del desierto. Me narra acerca de un pozo mágico, además me cuenta que en este lugar hay misterios que se esconden y me dice que las espinas hieren y que, para no herirme con ellas, he de ser como una estatua.

¿Qué es lo que escribes, niña voladora?
 Escribo lo que aprendo.

— Vapum Vipum, pues desaprende eso que crees y que no es cierto.

¿El qué…? ¿Y tú quién eres?
Que tienes que volverte una estatua, para no sentir las espinas.

¡Hola, lagartija esmeralda! ¿qué te habías hecho?
Te he buscado por todos lados y hasta ahora te encuentro.

¡Hola, Sheraz! Creo que no me habías buscado en tu corazón, donde siempre estoy.

Es cierto, te andaba buscando afuera y sólo me encontraba con cactus, cabras y con algunas yerbas raras que no hablan ni son como tú.

Dime Sheraz, ¿qué es lo que le has dicho a tu amiga de la esfera, acerca de las espinas y de hacerse una estatua?

¡Jajaja! Lo escuchaste... Le he explicado que hay misterios escondidos a develar y cuando ella se intentó esconder tras un cactus, le pedí que se quedara como petrificada cual una estatua, pues si se movía un poco más, estaba tan cerca de herirse con el filo de las espinas.

Gracias Sheraz, a propósito ¿qué es una herida?
Una herida es un corte en la piel, para el caso del cactus...

También hay heridas que, sin tocar la piel,
causan dolor interior.

¿Me pueden dar un ejemplo de las heridas que no hacen los cactus?

Cuando alguien te grita, te corta el aliento y no respiras igual, porque hay algo que internamente te duele y es el maltrato; aunque la clave es cerrar el plexo y abrir el corazón, pero casi nadie lo hace, así que, como no abren el corazón, abren sus emociones ante las reacciones de los otros y por eso les duele mucho.

Ese es un ejemplo y hay muchos más a diferentes niveles. Otro ejemplo es que a veces pasan por aquí algunos seres que hieren al planetoide, porque tiran basura, desechos nucleares, toxinas y sin ningún respeto ensucian su nitidez y armonía — laceran sus Vidas —.

Vengan los dos Cristal y Esmeralda, estamos a unos pasos de empezar a ver esto que le duele a mi planetoide-hogar.

… vamos.

¡Vamos…! Empiezo a comprender lo de las heridas…

Ya lo empezarás a experimentar, Cristal.

¡Qué bello lugar es el desierto, tan lleno de Paz!

Todas esas que miras de variados tamaños son colonias de cactus, la mayoría son polinizados por insectos nocturnos y hacen brotar flores de una multitud de formas y colores cuando la luna y las estrellas nos cobijan. A mí me gusta mucho beber del almíbar que algunas flores segregan, es verdaderamente dulce y un néctar de los elementales que moran aquí, como guardianes del desierto.

El desierto de este espacio Sur es una verdadera joya.

Estoy de acuerdo contigo Cristal, aunque algunos que no saben valorar lo que Es, lo ensucian…

A eso vamos Esmeralda.
Sí, Sheraz.

Mira nada más y nada menos Cristal, esto que está a un metro de nuestro andar.

¿Es alguna flor que se ha desprendido de algún cacto?

No amiga de la esfera es una colilla de cigarro que alguien dejó tirada cuando pasó por aquí o quizás la botó cerca de donde andamos y el viento nocturno la trajo hasta esta zona. Esto es una toxina con la que algunos se intoxican y altera la respiración de todas las formas de Vida. Ahora la recogeré para colocarla dentro de esta malla y luego con el fuego quemaré la basura que no debe existir sobre el planetoide.

A eso se le llama un acto de Consciencia Cristal, y aunque muy pocos los realicen, hay quienes como Esmeralda, nuestra amiga lagartija de verde tonalidad, trabajan toda su vida limpiando las heridas que otros le hacen al desierto.

Qué lindo trabajo tiene ella Sheraz, estoy de acuerdo contigo. Tú, lagartija Esmeralda, eres muy importante para el gran desierto y para todos los elementales de Vida que lo constituyen. Cumples con un propósito maravilloso y limpias la basura que la inconsciencia bota sobre este hermoso lugar.

Sheraz también contribuye con su nobleza a limpiar el Espíritu del gran desierto.

Qué hermoso saberlo, Esmeralda. ¿Y qué es esa cosa larga que se aferra al cactus más grande y que parece volar sostenido sobre él? Parece que no se hiere al moverse cuando toca las espinas.

Ese es un plástico largo que empujado por el viento ha venido a parar sobre el cactus, no se hiere porque no tiene Vida y si algún Ser del desierto, creyendo que es comida lo ingiere, morirá de inmediato al recibir su toxina.

¡Miren todas esas botellas de vidrio…! Estamos acercándonos al basu-roide de este lugar, si percibes el aire sentirás cómo cambia y su verdadera pureza se vuelve un olor putrefacto.

Lo siento y no es limpio.
No lo es…

Por eso mi trabajo consiste en limpiarlo, pues si esta montaña de basura crece y crece, se apoderará del bello desierto que es mi hogar.

Lo mismo hago, pues mi responsabilidad es cuidarlo…

Ésta que recojo es una lata de cerveza casi vacía y la retiro de aquí antes de que las babosas o caracoles, hormigas o aves, beban del alcohol que aboba y que embrutece a quienes lo ingieren; además, si no la quito de este lugar, se podrían herir con el filo de la lata.

¿Cómo las heridas que hacen las espinas de los cactus?

Sí, Cristal.

Gracias Esmeralda, por favor, colócala dentro de esta malla antes de que sea demasiado tarde...

Ustedes dos son muy sabios, le ayudan a su planetoide a estar libre de toxinas, esos son actos de Luz.

Cumplimos con la misión de mantener al desierto bello y libre de basura, además no podríamos permitir que la tortuga marina que durante cierta época se cruza por aquí, encuentre las colillas de tabaco o se haga ebria y pierda su Consciencia al beber los residuos de alcohol, sin saber, que eso no le hace bien.

¡Miren aquella flor inmensa de color fresa que brota del cactus!
Es bella la flor que brota de las espinas…

Si la población de seres comprendiera que unidos en Consciencia pueden dejar de hacer actos basura, estoy seguro que todos harían una hermosa floración que engalanaría a nuestro planetoide.

Sheraz, ¿adónde se encuentra el pozo mágico que canta?

En aquella dirección. ¿Nos acompañas Esmeralda?

Ahora no, pues debo terminar mi trabajo sino se me acumula y entre más capas de basura existan, el planetoide y nosotros, podríamos dejar de respirar.

¡Hasta la vista amiga!
Hasta cuando el viento nos vuelva a encontrar…

Sopla pronto viento.
¡Jajaja!

¿Cuándo será?
Nunca se sabe cuándo se fluye con la disposición del desierto.
¡Es cierto!

¡Hasta cuando el desierto lo disponga!
Hasta entonces…

¿Adónde se sitúa el pozo mágico, Sheraz?

El pozo mágico no tiene un solo lugar, se manifiesta durante nuestro andar... Cuando escuchemos el canto que brota de su propio caudal, será el momento de sumergirnos en su cauce de vida tan transparente como lo es su Gran Espíritu.

Comprendo...

¿Qué es lo que comprendes, Cristal?

Que el pozo mágico aparece cuando vibramos con la magia del corazón.

Algo así.

¡Qué hermoso Sheraz!

Transparente...

Dime Sheraz, ¿si lo encontramos qué nos ocurre?

Sana las heridas que las espinas de la vida te hacen...

¿Tú tienes alguna herida?

No Cristal, al sumergirme dentro de su noble espíritu, me las ha sanado. Sólo le agradezco desde el corazón cuando alguna espina se me aproxima y de inmediato con su caudal de Luz, me la retira tan amorosamente...

Por eso pueda que no aparezca, pues si alguna espina nos apareciera, estoy segura de que la magia de su Luz cumpliría con la misión de limpiar esas heridas que en nosotros ahora no existen.

Encontrar su secreto es llevarlo adentro de nosotros, Cristal. Por eso abrimos su caudal y lo irrigamos por donde andamos-volamos.

Si tú lo dices...

Jajaja...
Jajaja...

Registro #18
Corrección.

Me encuentro con Sheraz, un niño dorado del desierto, estoy ahora en la latitud estado Sur coordenada 33373. Hay una lagartija verde que se llama Esmeralda, ella trabaja retirando la basura del desierto que algunos botan sin discernir sus efectos. Tiene un trabajo muy bello, limpiar el basurero que expele un olor putrefacto.

Sheraz y ella me hablan sobre diferentes espinas que hieren. Me dan ejemplos de maltratos, como también me hablan de la magia que han encontrado en un pozo que canta y que es la esperanza para no morir...

Me aclaran que no es que deba ser estatua cuando me aproximo a las espinas que me pudieran herir, únicamente me piden quietud cuando estoy cerca de ellas, para no ser reacción y dejar que ellas me hieran. Ante esta escena, siento que es hermoso comprender que aún de las espinas brotan flores divinas.

Ese pozo que canta al cual se refiere Sheraz, yace en el corazón y si lo encuentras, su Amor limpia todo dolor.

Ahora me despido para adentrarme en la burbuja dorada y encontrarme con mi estrella. ¡Gracias Esmeralda y Sheraz, por cuidar desde el Amor a este bello lugar!

Gracias a ti, Cristal, porque traes desde tu esfera la Luz que eres a este planetoide tan lindo donde hemos nacido.

Vapum Vipum, estoy de acuerdo con Sheraz, es hermoso sentir a tu corazón unido con nuestro palpitar.

¡Apareciste de nuevo…!
Sí, Esmeralda, tanto tú, como Sheraz, son un gran tesoro para este planetoide. El gran desierto y sus misterios también lo son. Los cactus, las espinas, sus flores y la miel que destilan también son maravillosas obras de la Creación.

Jajaja… Vapum Vipum., ¡hasta la vista Cristal…!

Vipum Vapum, como dice Esmeralda, hasta cuando el Universo nos encuentre.

Jajaja…

Claudia Llerena

El Espiruloide.

Llamalú, el arco y el cazador.

¡Hola!
¿Quién habla?

Yo.
Oigo tu voz, pero no te miro.

Estoy frente a ti.
¿Adónde?

Sólo abre tu corazón y me verás.
No te veo.

Es por eso…
¿Por qué?

Porque únicamente miras con los ojos físicos.
Mira voz insistente, ya deja de darme lecciones que no me son de utilidad.

Jajaja...
Debo limpiar mis trofeos y no tengo tiempo para
bromear.

¿Qué es un trofeo?
Todo lo que cazo y gano para mi colección.

"¿Trofeos?", "¿Colección?",
"¿No tengo tiempo para bromear?".
Y ahora resulta que eres una repetidora...

¿Qué es todo eso que dices, me lo puedes explicar?
A decir verdad, no entiendo nada de lo que hablas.
Si no te haces visible, no te explicaré nada.

Bien, lo intentaré. Si centras tu atención frente a ti,
estaré a unos metros de distancia de tu mirada, pues no
te quiero asustar.
Un cazador nunca siente miedo.

A la una, mira bien que aquí estoy.
¿Adónde?

Espera un instante que cambiaré mi tonalidad violácea por este azul intenso, a ver si así me notas, además bailaré frente a tus ojos. Abre tu corazón y centra tu atención, cazador, que me verás a un par de metros de distancia.

¡Eres un fantasma azul moradoide que me persigue y me quiere devorar! ¡Auxilio…!

Soy Llamalú y parece que en Espirulina los cazadores son tan miedosos como quienes viven en la latitud del Cuadroide Gritan, a excepción de Daniela, la niña que no siente miedo. Cuando me miran los mayores que viven allá, también salen corriendo como lo haces ahora y se les paran los pelos de la cabeza, de la misma forma que a ti.

Lla - ma - lú…, por favor vete de aquí. Y no vivimos en Espirulina, se llama Espiruloide.

No me iré sin que antes me expliques lo que es un trofeo, una colección y lo que es no tener tiempo para bromear, además, quiero saber lo que es un cazador.

Si me das tu promesa de que no me harás nada, nada, nadaaa, saldré y te lo explicaré.

¿Qué es una promesa?
Algo que no se cumple en este lugar…

¿Quién habló?
Yo.

¿Quién es yo… yo?

¡Jajaja…! Me haces reír cazador, escucha cómo te tiembla la voz y cómo de nuevo se te paran los pelos de la cabeza y pareces un erizo como los que viven en el Cuadroide Gritan.

Soy el arco con la flecha que prometiste no volver a usar, cazador. Violaste tu promesa e intentaste tirar la flecha al ciervo joven mientras bebía agua del río. Si lo rememoras, con toda mi fuerza desvié la flecha de tu blanco y por eso me tiraste lleno de ira y fui a parar a las manos de un mayor que rondaba por allí, fue él quien me recogió y arregló.

¡Ustedes dos son unos fantasmas horrorosos,
váyanse de aquí!

Deja de pensar que somos lo que no somos. Yo soy una flama de las estrellas y no soy ningún fantasma. Me gustaría me digas lo que es un trofeo, una colección, no hay tiempo para bromear, un cazador y además una promesa.

¡Tampoco yo soy un fantasma! Soy el arco del cedro rojo que conserva la huella del bosque, aunque quien me elaboró ni tan siquiera se imaginó para lo que me utilizarías.

Si de verdad no son fantasmas y no me van a hacer nada, les mostraré mi colección de trofeos para que luego de responderles se vayan.

¡Vamos arco!
Te acompaño Llamalú.

Ninguna colección de trofeos es tan maravillosa en Espiruloide, como la que les mostraré.

¿Ma - ra - vi - llo - sa…?

¿Qué es eso que cuelga de la pared?

Un trofeo.

¿Todos los trofeos tienen ojos?

Todos mis trofeos los tienen.

¿Y por qué cuando me muevo de lugar, no siguen mis movimientos con sus miradas…?

Porque ese alce ya no puede mirar.

… pero sí tiene ojos.

Sí, pero ya no se le mueven. Están inertes.

¿Sabes acaso para qué se ha colgado así?

No se ha colgado, ese es mi trabajo, pongo sus cabezas en estas placas de madera para que se miren mejor y las coloco en esta pared importante.

¿Y si ellos lo desean, se podrían descolgar de ese lugar para ir al bosque a jugar y a visitar a sus familiares?

Jajaja… jamás Llamalú. Me pertenecen y les cuido como mis más grandes trofeos.

¿Estos son los trofeos?

Sí y valen mucho dinero. Te mostraré la sala de todos los trofeos, ven.

Vamos arco… ¿Y quién eres tú, cazador?

Un cazador que cuida sus trofeos.

Un cui – da – dor, de trofeos…

Este es mi trabajo. Mira Llamalú, esta cabeza de leopardo la traje de Soules. Este es un elefante que me dio mucho trabajo cazar. Esa que está a mi derecha es la cabeza inmensa de un búfalo, es uno de mis mejores trofeos.

**Trabajas cuidando cabezas con ojos
que no pueden mirar...**

Escucha Llamalú, lo que los cazadores hacen es quitarle la cabeza a los seres que cazan, y al disecarlas, las colocan en esos retablos de madera, como él lo hace. Luego las cuelgan como adornos inertes o trofeos que cuida el cazador tanto como su propia vida.

Ahora comprendo arco... Entonces un trofeo que cuida el cazador es una cabeza que ya no tiene vida, porque se la quita. En otras palabras, un cazador es un quita cabezas que trabaja toda su vida cuidando la colección de muchas cabezas que ya no tienen vida.

Para mí, cada cabeza tiene vida en mi sala de colección.

¿Qué es una colección?

Cuando acumulas más y más cabezas, como es el caso de esta colección de muchísimas cabezas que nos muestra el cazador.

¡Mira Arco, esta dulce carita que cuelga aquí...! Parece que tiene dibujada una gota de Rhom al lado de su ojo. ¿Será que está triste porque está colgada y no puede bajarse de allí?

Es que Azul — un buen amigo de las estrellas —, en uno de sus registros escribió que cuando en algunas latitudes sus habitantes sacan gotas de agua de sus ojos, es que están tristes.

Mira Llamalú, no inventes, esa no es una gota de agua, es una mancha que tienen los dik dik muy cerca de sus ojos — estén disecados o correteen entre los valles, es uno de sus distintivos —. Si te fijas, los tres que están aquí la tienen igual.

Cazador, una última pregunta. Cuando dices que no hay tiempo para bromear, ¿qué es lo que quieres decir?

Que mi vida de cazador y cuidador de trofeos es seria y que no tengo tiempo para hacer bromas o reír. Mi trabajo es respetable, con cada trofeo gano mucho dinero y no tengo tiempo para perderlo en cosas que no valen la pena.

Una última pregunta cazador: ¿Cómo se llama este Ser, que es muy diferente al resto que tienes en tu colección?

Es un avestruz que se me apareció en una sabana de Espiruloide. Es el ave más grande que he visto durante mis cacerías; mide casi 3 metros de altura y si miras sus garras, son extremadamente filudas. Los huevos que pone son grandísimos, los más grandes que he visto.

¿Y para qué le traes a esta pared? No te parece que, si corre tan rápido, debería estar gozando de su vida de corredor?

Podría ser; sin embargo, decora muy lindamente este salón. Así que, ¿por qué imaginarlo en otro lugar, si está rodeado de toda una selva que he ido formando poco a poco durante mis cacerías?

Debo irme cazador, pero antes dime qué es una selva.

Espera, todavía me falta responder a algunas de tus interrogantes.

¡No tengo más preguntas, con tu colección de cabezas inertes, me has respondido todo!

¡OOOOOOO y Hombrecito Azul de las galaxias, que alegría que han llegado!

— Y mientras Llamalú, OOOOOOO y Azul, ascendían en la esfera oro a la cual pertenecen, la llama violácea pedía al Universo: "¡Corazón Rosa, envía a Espirulina a tu llama amorosa para que el Amor vibre en este lugar!".

Registro #19

Aquí voy en esta esfera de Amor rodeado de mis amigos de las estrellas… La espiral oscura que gira en el mundo de Espiruloide succiona y atrapa lo que toca.

En ese mundo existe un cazador que trabaja todo el día muy serio y sin bromear cuidando de su colección.

Su trabajo consiste en cuidar cabezas con ojos que ya no pueden mirar. Algunas de ellas tienen cuernos y astas, otras poseen manchas, todas tienen orejas y una en particular, está repleta de plumas. Ese cazador que cuida de la colección de muchas cabezas disecadas, insiste, en que cada cabeza tiene vida en su sala de colección — lo que no parece ser así, pues ninguna cabeza de las que vi se mueve —.

Un cazador de Espiruloide es como un hechicero que paraliza la vida de sus presas, y ya inertes, coloca sus cabezas disecadas sobre tablas que asierra de los árboles de roble, a los que también les quita sus vidas.

Creo que la mejor definición para este cazador podría ser la de quita vidas.

Los cazadores de Espiruloide coleccionan trofeos que valen muchas torres de papel.

Ellos son amigos de los que viven haciendo torres de papel, tal parece que son de la misma familia que vive para servir al papel…

Secuespejo.

La hechicera - Shtar - OOOOOOO y Azul.

¡Qué hermoso amanecer…!
Si te adentras en mí, lo verás aún más hermoso.

¿Quién eres?
Quien te acompaña de noche y de día.

Es imposible que seas mi Vida, ella tiene otra voz y es la que está a mi lado siempre.
Bueno, entonces soy la segunda compañía después de tu vida.

Tampoco es cierto, mi familia es quien vive a mi lado.
Es que siempre estoy cerca de ti, tanto, que duermo contigo.

¡Eres mi gato…!
No Shtar.
Pensándolo bien no maúllas, así que descartado.

Si me das otra clave pueda que adivine quién eres.
Conmigo aprendes mucho además que viajas adonde quieras ir sin necesidad de levantarte y, si te aburres, te ofrezco tantas diversiones. En mi mundo tienes todo lo que quieres.

¿Quién eres?
Tu computadora.

¡Jajaja, eres útil, pero tampoco es para tanto...! Si bien es cierto que más de la mitad de mis amigos y amigas se enjaulan dentro de ti y pasan sus vidas pegados a tus teclas, a mí no me podrás agarrar.

Contigo aprendo algunas cosas y te agradezco, pero el Hombrecito Azul me enseñó que si voy a abrazar a los árboles y abro mi corazón a la Naturaleza que nos rodea, ellos son una gran escuela y desde el día en el que me conecto con sus maravillosos reinos, se ha abierto un gran canal de comunicación que tiene magia ancestral, la que me hace experimentar a la voz de mi raíz.

Los árboles no conocen el mundo del futuro, sólo registran en sus anillos el pasado y si vives sus recuerdos, te convertirás en árbol. Mientras que yo, te llevo a todas las épocas y puedes viajar en mí, hacia el futuro.

Mira hechizo inventado por los tecno, por lo que dices se nota que no sabes lo que es La Naturaleza. Ella es sabia y conoce lo que jamás un espejo frío podría narrarme y enseñarme. Si tú me hablas a través de tu pantalla de la savia que circula en el árbol de cerezo, al contactar con su vida real, me hace flotar entre su dulzor y cuando llego a una cereza dulce como la miel de la abeja, es delicioso probar ese fruto que contigo, jamás podríamos saborear porque eres una ilusión. Lo que quieres es meterme a tu mundo donde miles y millones de pequeños y de mayores pasan metidos toda su existencia cual si *robots*.

Así que, si lo que intentas es hacerme creer lo que No Es Verdad y llevarme al futuro, no me interesa, pues yo soy presente y vivo el ahora. A propósito, te voy a ir dejando porque iré a ver como se abre la rosa que ya es un botón, en ella está un secreto y su misterio es más revelador que estar recibiendo tus datos sin hacer nada aquí sentado.

¿Has dicho que conoces el secreto?
Sí.

Jamás nadie me ha desafiado como lo haces tú. Yo he sido inventada para gobernar. Soy un hechizo y nadie es tan fuerte como yo. Sin que te des cuenta, me meteré a tu oído subliminalmente para que solo me escuches a mí.

Además, te haré tener miedo.
Eso no existe en el corazón, también lo descubrí cuando viajé a la colmena de la Vida.

Te hablaré y con mi voz programada te haré un robot más de mi reino tecno, lo verás y cuando lo consiga serás el jefe de mis ejércitos a través del cual mantendremos dormidos y a mis servicios, a todo aquel que toque una sola tecla mía.

Ahora se te ha soltado un tornillo, continúa hablando que, entre más hablas, más te aproximas a tu fin.

¿Qué sucede Shtar?
¡Hola OOOOOOO! Lo que ocurre es que la mente hechicera que maneja la computadora, busca a mayores y a menores para que sean sus servidores y al tenerlos a todos programados como máquinas, lo que quiere es manejarlos para que toda forma de vida natural desaparezca de Secuespejo.

¡Ah, ya sé!, quiere secuestrar los sentimientos de los habitantes para que cuando nadie sienta y estén tan alejados de sus corazones, su mundo irreal reine y ella pueda ser la reina de un planeta robótico donde lo único que exista es la máquina que se programa para mantener su reinado.

¿Qué has dicho Shtar?
Hola Hombrecito Azul, eso mismo que escuchas.

¿Qué harás con toda esa información?
La revelaré. Jamás podría esconder nada, menos algo sobre lo que amerita ser conscientes.

¿Adónde y cómo la comunicarás?
A partir de este instante la comunicaré a quien pueda.

Escribe lo que deseas transmitir y al terminar el comunicado me lo entregas, lo imprimo con mi llave mágica y dirijo los mensajes impresos para que lleguen a la puerta de cada mayor, como de cada menor que exista en este Secuespejo.

¡Eres maravilloso OOOOOOO!
Jajaja… tal cual me miras eres tú, pues soy tu espejo.

Registro #20

Soy Azul, parece que en Secuespejo hay un hechizo en el que, a través de una tecla, se intenta narcotizar los sentimientos de quienes viven allí.

Cuando un mayor o algún menor se adentra en el reino de los tecno, parece que hay una goma que les hace adherirse a la computadora y ya engomados, sí que les cuesta despegarse.

Un menor de gran espíritu ha descubierto el lenguaje oculto de la hechicera tecno y al ver sus intenciones, se propone desenmascararla.

Y mientras Shtar, el niño sabio escribe una nota para comunicar el hechizo que narcotiza a mayores y a menores, OOOOOO, mi hermano de las estrellas prepara la magia con la que elevará cada mensaje para que llegue sin interrupción a todos sus habitantes.

Lo que cada cual haga con la información es asunto de su propia elección, que le llevará a vivir la consecuencia de sus actos.

Comunicado para los habitantes de Secuespejo.

Soy Shtar, un niño que habita en este lugar. Me acabo de enterar que, dentro de la tecno, hay una mente que nos quiere gobernar y pretende atrapar nuestros sentimientos. Así que, aunque en algunos de sus programas aprendamos algunos contenidos bonitos como lo es el parto de una ballena y el recibimiento de su ballenato con su Amor, he decidido después de escuchar lo que se proponen los reinos de la tecno, que únicamente entraré a ese mundo con cuidado y por pequeños intervalos.

La Vida de nosotros, los niños, ha de estar rodeada por juegos que nos hagan movernos tras una pelota que ruede libremente... Hemos de vivir tan cerca como se pueda el alma viva de la Naturaleza que nos recibe y ve nacer y no como en el Cuadroide Gritan, donde los mayores pasan pegados a una silla la mayor parte de sus vidas.

La alegría de nosotros los menores, ha de mantener la felicidad de Secuespejo, para que todo sea un mundo de color y alegrías.

La Vida de nosotros ha de ser inspirada por el corazón y hemos de escuchar sus dictados, pues es tan sabio y amoroso, que allí mora la Consciencia con la cual hemos de crecer.

Así, niños de Secuespejo, como mayores también, les pido que cuidemos nuestra existencia y que jamás nos volvamos lo que no somos, un *robot* que nos aleja de los sentimientos nobles que entre nosotros han de prevalecer.

Shtar

Marmundo.

Mar - Perla y Catú.

— Soy Catú, estoy frente al Mar y al cerrar mis ojos físicos y abrir mi corazón, para ver mejor, tengo un encuentro con una estrella de mar que se ha salido del gran océano. Aquí empieza nuestro diálogo—.

¿Cómo te llamas?
Espuma.

Y a esa sal espumante que brota de las olas,
¿cómo le llaman…?
Estrella.

Entonces la estrella de mar que me presentaron en mi etnia indígena, se llama espuma y al espumoso de sal que mueves con tu oleaje, he de llamarle Estrella.

Algo así.
Jajaja…

¿Y a la risa que brota y escucho desde tus profundidades, cómo le llamas Mar?
Perla.

Entonces si la risa que emana de ti, gran océano, se llama Perla, cómo es el nombre de la borla de nácar que se forma entre la ostra.
El mismo.

¿Y cómo es tu nombre, niño?
Catú, aunque después de escuchar al Mar hablar, creo que me debería de llamar enredo y Perla.
¿Por qué?

Pues porque sí.
Jajaja…

En mi espíritu marino cada elemento se fusiona con cada elemental y es la totalidad. En tu tribu les distinguen por nombres individuales y es perfecto, para conocer sus propiedades, pero adentro de mi espíritu todo es el Mar.
Empiezo a comprender…

¿Qué es lo que empiezas a entender Catú?
Que cuando etiquetamos algo le apartamos de la totalidad. Es decir, Yo Soy tú, Perla y tú eres yo. Entonces yo me llamo Catú, Mar, Perla, Estrella, Espuma. ¿un poco largo, no crees?
Larguísimo o tan corto como Mar,
depende de cómo lo mires.

Tu etnia indígena merece mi respeto Catú. Aman a mi espíritu marino y su población se conecta con nuestra vida, por ello este momento lo celebro con regocijo, amigo de los templos y astros.

Mi Ser te honra Mar, tu espíritu nos sana y nos obsequia bendiciones. Con mi Tata, desde muy pequeño aprendí a fluir entre la Naturaleza, él me enseñó a activar a tu Gran Espíritu dentro de mí. Te entoné cánticos y con mi canto noté que tus olas se elevaban hasta mojarme en las elevadas montañas tan lejanas y cercanas. Siempre te sentí y desperté a ti. Gracias por existir.

— "Mira Perla, ahora hay celebración porque dos Reinos se han reconocido"—, expresa un nautilos que emerge del mar —.

Tres Reinos señor caracol, no dos. Llámame Perla desde ahora Catú, sino sería demasiado extenso llamarme con todos los nombres.
Jajaja… Así lo haré Perla, lo prefiero.
A mí, llámame, Mar, tal cual me aprendiste a llamar.
De acuerdo.

¿Y cuáles son los tres Reinos a los que se refieren?
Es que yo, Perla, soy del mundo intra-terreno de la Luz. Desde los ductos de cristal de cuarzo emerjo para comunicarme con el Mar, con el aire, con Terrum y con el fuego.

¿Y toda tu especie brilla como lo haces tú, Perla?
Si miras que brillo, es porque estás brillando Catú.

— *"Cuando tres Reinos se reconozcan entre sí, como Uno, vendrá el cuarto y el quinto, el séptimo, hasta que se fusionen sin concebirse separados"*—.

¿Quién habló?
El Gran Espíritu del planeta a través de la ballena azul.

Gracias, señora ballena.
    — *Gracias por llegar Catú* —.

Dime Catú, ¿a qué se debe tu Presencia entre nosotros?
Mira gran Mar, en esta vasija de barro traigo al éter que durante el eclipse total ha bajado y me ha hablado. Él me ha pedido que nos reunamos contigo y que unidos cantemos en este recipiente para que el eco del corazón nos fusione con Su Gran Espíritu.

Será un honor entonar el cántico de mis olas para que se guarde unido al Gran Espíritu del éter que nos sutiliza. Me gustaría saber la misión que se propone.

No le pregunté Mar, pero me dijo que cada noble Reino ha de entonar su canto interior y lo ha de depositar aquí, pues tal parece que este será un mantra para obsequiárselo al Sol.

¿Y qué hará el Sol con él?
Lo veremos cuando ocurra.

¿Y podría como representante de las ciudades intra-terrenas de Luz, entonar nuestro canto dentro de la hermosa pieza de barro?
Déjame preguntarle Perla.

— Catú coloca su oído derecho adentro de la vasija y le responde a Perla —.

Dice que sí, que cada Reino de Luz debe unirse a la melodía que le obsequiaremos al Sol.

Invitaré a mi amiga sirena para que nos acompañe con su bella voz.

El éter me ha explicado que cantaremos al unísono cuando la luna aparezca luego del tono cobre que la envista.

Entonces es ahora, pues anoche estuvo totalmente roja y su tonalidad ha abierto un canal para la Paz. Así, en la primera luna que sucede hoy, activaremos un cántico unidos con el fluir del universo.

¡Qué hermoso!

Grandioso...

Una bella oportunidad.

Sí.

En nombre del Gran Espíritu de los océanos convoco a todos los elementales que me forman.

— Las olas se empiezan a elevar y cada una de ellas graba cual si en un prisma musical su frecuencia que es oscilante; micntras Catú, con su pureza, a la orilla del acantilado le canta al mar: ni mitz tlazohtla, icniuhtzin... —.

— Empieza el ritual que calma al viento y al mar —.

OOOOOOO, ¿alguien me llamó?

¡Sí!, soy Catú e invoqué a la gran magia del Universo, gracias por escuchar nuestro llamado. Necesitamos de tu Presencia, para que representes a los hermanos de las estrellas.

¿Y a mí me llamaste?
Si Hombrecito Azul, gracias por venir.

— ¡Hola!

Hola Daniela, gracias por llegar.

Jajaja… ¿Cómo te llamas?

Mar…

Tienes cara de un niño mago y te llamas como el Mar.

Es que he comprendido que Catú, el mar y yo,
somos uno mismo…

Jajaja… entonces me llamo Daniela - Flor - Catú - Mar - y Llamalú.

¿Me has llamado Daniela?
¡Llamalú, qué alegría que has venido!

¿Me llamabas también a mí?
¿Quién eres tú?

LeIM
¡Eres pura Luz!

— El oso polar regresa —.

— *"Dulce como la miel, también. Como dejé de ser el oso polar, me convertí en un oso meloso y te puedo decir que LeIM es lo más dulce que he probado".*

¡Eso es tan cierto, polar - meloso!

— **Bzzz…, gracias por percibirme como tal, hermano oso y hermana hormiga** —.

Y ahora retomaremos nuestro ritual sagrado…, haremos un gran circulo bordeando la vasija donde grabaremos la música.

Bien Catú, ya estamos formados, ¿cómo hará el Mar que es tan ancho para caber en este círculo?

Señor Mar, ¿desea usted acompañarnos desde su forma actual o lo hará de otra manera?

— El Gran Mar se transformó en un bello Ser. Mas bien se parece a una ola sutil y su barba blanca de espuma combina lindamente con sus manos cual si estrellas de mar. Sus ojos brillan como las perlas concha nácar y su cara tiene un gesto tan dulce como el de LeIM —.

Jajaja… ¡qué lindo Eres!

Gracias Daniela, tú eres muy bella.
Gracias Señor Mar.

> — El gran circulo de Seres se forma por elementos de agua, por el néctar dulce de LeIM y por Daniela, quien mora en el Cuadroide Gritan; también por Llamalú la llama que transmuta lo que toca; por el Hombrecito Azul que representa a las estrellas; por el oso polar que al adaptarse a otro hábitat se llama Meloso y por su amiga sabia, la hormiga. Además, por la gran magia de OOOOOOO… —.

Siento que hace falta otro Ser.
¿Seremos nosotros…?

¿Cómo te llamas?
Cristal.

¿Y quién te acompaña?
Esmeralda.
Vipum Vapum… ¿y usted quién es?

Me llaman Mar.
¿Su agua es salada?
Sí.

La de mi pozo es dulce…
Pozo, ¿has dicho?
Sí.

*Gracias por recordarlo Esmeralda, habrá que
invitar al espíritu de las aguas dulces.*

¿Alguien lo puede hacer?
Lo haré yo.

Si Hombrecito Azul.
**Rhom, por favor acompáñanos a formar un
circulo sagrado con tu Presencia entre nosotros.**

¡Gracias por acudir a nuestro llamado, Rhom!
¡Vipum Vapum!
Gracias por tan honorable invitación, amigo Azul.
Tu Presencia nos honra, Rhom.
Tú, espíritu de los océanos, eres tan cercano a mi rama familiar, gracias por manifestarte con tu belleza y pureza.

¿Falta alguien?
Creo que estamos completos, les presento a mi amiga sirena.
¡Bienvenida seas sirena! Gracias Perla, por fusionarte con nosotros desde tu hermoso Reino de los cristales.

Cada Uno de nosotros es un círculo perfecto que se une a otro circulo y así sucesivamente iremos formando círculos que contienen las llaves tonales de la Creación de la Naturaleza. Cuando alcancemos la sincronía de Reinos, le pediremos al viento que nos eleve para guardar entre su sabiduría a esta vasija sagrada, será el regalo que llevaremos para ofrecer al Sol.

Yo Catú, en nombre de la misión indígena y en el de todos los Reinos de la Luz, tomo con respeto al grandioso tecciztli, su sonoridad nos eleva para fusionarnos y empezamos a entonar un canto que emana del alma. Mientras con Amor y tomados de las manos hacemos el ritual para que la ofrenda destinada al Sol se avive en nuestros corazones.

Llamalú con su flama encendida se prepara para calentar el entorno y no permitir que ninguna energía oscura entre, cuando Perla deposita el cristal arco iris que ha crecido entre el agua caliente subyacente, para mantener la energía de Marmundo.

— Risas, cantos, elevación y alegría, porque unidos es que se preserva el Gen Divino que co crea y cuida de los verdaderos tesoros de los distintos planos. Cánticos que conectan con el fluir de la pureza, mientras Catú con sus manos hacia los cielos, abre la vasija con el regalo para el Sol, y cuando esto ocurre emanan de ella las ondas musicales transformadas en luciérnagas que viajan hacia el sol, para obsequiarle el Amor. Lluvia de Luz se graba en Marmundo, porque el Sol interior de todos brilla al unísono en todo su esplendor —.

¡Vipum Vapum…!
Jajaja…

Jamás había escuchado tan dulce canto.

Ni yo Esmeralda, es como si el arpa que nos acompaña la tocaran los Ángeles.

Cuando los distintos mundos se fusionan en el Amor, la misma vibración hace sentir al arpa misma del corazón.

¡Eso que dices es una gran verdad!

Si tú lo dices, Hombrecito Azul.

OOOOOOO…

Registro #20

En Marmundo todos se sienten UNO. Cantan unidos y guardan como un gran tesoro a sus cantos dentro de una vasija indígena de barro, donde mora el éter. Hay alegría porque el Sol interior de todos brilla e ilumina a ese espacio del universo.

Claudia Llerena

Músicomágico.

Azul - La hormiga - Flor y la flauta.

¡Lalala…!
Hola niña.

Holalala…
La…
Shhh…

¿Qué es "Shhh", hormiga?
Que debes guardar completo silencio Hombrecito Azul de las Galaxias, pues Flor está bailando al son de las castañuelas mientras los instrumentos músi-mágicos le acompañan con la guitarra y el acordeón.

¿Quién está bailando se llama Flor, tal como es el nombre de la mascota del cuadroide donde se encontraron Daniela y Llamalú?

Sí Hombrecito Azul, se llaman de la misma manera.

¿Por qué ella se llama como la Flor que se arrastra y que es la mascota de Daniela?

No lo sé, pero en este momento amigo de las galaxias, hemos de aplaudir al ritmo de la danza para hacer música con las manos.

¿Qué es aplaudir?
Así.

Jajaja… Asá.
Asá y así.

Hormiga, aquí hay una inmensa alegría, lo registra mi corazón. ¿Cómo se llama este lugar donde caí?
Músicomágico.

¡Esa Flor que ahora danza es una niña mágica!
Podría decirse que sí…

Conforme Flor baila con la alegría de su corazón, imprime en cada espacio sus huellas danzarinas que danzan por doquier.
No las miro…

Eleva tus antenas hacia el cielo hormiga y recuerda que, si abres el corazón, te será muy fácil encontrarlas.
Las elevo y cuando lo hago surge una huella que alegremente zapatea. Es gracioso lo que veo con mis antenas apuntalando al cielo. Allí va otra huella danzarina bailando el cha cha cha.

¿Qué es el cha...?
Cha cha cha...

¿No tiene explicación?
No.

Hay algo en Musicomágico que no pueden explicar, eso es maravilloso.
¿Por qué?

Porque en varias latitudes donde hemos llegado con mis amigos de las estrellas, a todo le buscan explicación y entre más se la rebuscan, más se alejan de su esencia.
Subo las antenas y observo cómo el zapateo de las huellas de Flor produce un efecto de otros zapateos.

Mira hacia aquella esquina y escucha cómo el eco se ha puesto a zapatear y cuando sus habitantes se cruzan por ese lugar, la alegría de sus rostros es evidente, puesto que dicha música les motiva a bailar.

¿Con qué lo has mirado?
Con las antenas que captan.

Si te fijas hormiga, cada paso, cada danza y cada acto, genera un efecto que se expande en una onda que se impregna en ciertos espacios, dependiendo de su vibración.
Aquel zapateo musicaliza la región, Hombrecito Azul.

¿Quieres seguirlo?
Me voy a bailar el cha cha cha...

¡Musicalísimo!
Divertidísimo, aquel zapatear va muy rápido y no lo puedo alcanzar.

¿Con qué lo sigues?
Ahora he cambiado de canal, lo escucho con las antenas elevadas y cuando la Consciencia me unifica con la danza, las huellas me invitan al baile de la Vida, como lo hace Flor.

¡Maravilloso hormiga! Rememora que, si vibras desde el canal del corazón, vuelas y logras alturas que jamás podrías alcanzar desde el plano mental. Un ejemplo podría ser que siendo hormiga te tardarías una existencia escalando el pico de la latitud cuadriculada que está a 7867 cruces de luces. Mientras que con el corazón, ya estás en su cima.

Gracias Hombrecito Azul de las estrellas,
tu enseñanza es clave para ascender.

La ascensión es desde el corazón.

Hombrecito Azul, me gustaría saber si en las
otras galaxias también tienen corazón.

El gran universo es un gran corazón, aún el Ser más
congelado de algún mundoide tiene un hermoso corazón,
lo que ocurre es que algunos lo han olvidado.
¿Se puede olvidar al corazón?

Cuando únicamente se vive en los planos mentales,
algunos mayores se aíslan de su palpitar y entre más
distancia ponen con el corazón y sus latidos, surgen
distracciones que les alejan casi por completo.
¿Y cómo son los mundo-ides sin corazón?

Sin Vida, la música se ha ido de esos lugares. No hay
danzas, ni ecos que bailan como lo hace Flor. Son
cuadrados y encerrados, comprimidos, prisioneros de
sus propios campos sin color. Son explosivos. Miedosos.
Cortan cabezas y las cuelgan.
¿Cortan cabezas y las cuelgan?

Es que valoran a la no vida. Hacen culto a lo inerte. Viven en un mundo de papel, comiendo y respirando papel. Son lugares donde ya nada palpita.

—*¿De qué hablan ustedes? —.*

¿Y tú quién eres?
La flauta mágica y me parece imposible que exista un lugar donde no se palpita. Jajaja... ustedes sí que son inventores. La vida es música.

La Vida es musicalísima aquí en Musicomágico; sin embargo, hay espacios donde se encargan de retirar lo que baila, canta y vibra lleno de color y de Amor.

Entonces no viven...

Continúa danzando que si alguien danza jamás ha de triunfar la oscuridad.
Así y asá... cha cha cha.

Registro #22

Aquí en Musicomágico, cada sentimiento genera un zapateo y como la magia de la música abre el corazón, la vibración del Amor genera un baile muy alegre entre todos.

Los instrumentos musicales tocan una música que da ganas de bailar, además, hay una flauta mágica que entona la nota de la felicidad.

En este lugar musical, todo es musicalísimo.

Revés Mundo.

Sol - Un niño y la Rosa.

¿Y tú quién eres?
Soy Sol.

Mi nombre es Daniela.
Bienvenida.
Gracias.

¿Quiénes más viven aquí?
Los que miran al revés.

¿Al revés de qué?
De lo que aprendieron en las j-aulas.

Entonces he llegado a revés j-aula.
No.

¿No?
Se llama Revés Mundo.

Ese nombre está gracioso.
¿Te parece?

Sí.
¿De dónde vienes, Daniela?

La última latitud donde estuve se llama
Cuadroide Gritan.
… yo vengo de mil latitudes.

Mil latitudes, ¿has dicho? Jajaja, ha de haber millones de
latitudes para que vengas de la mil.
Jajaja…

¿Quién eres tú?
Un niño que ha viajado por muchos espacios.

¿Y tú Sol, de dónde has llegado?
De aquí mismo.

¿Sólo aquí has vivido?
Sí.

Mira Sol, creo que ando buscando algo.
¿Qué es?
Yo también busco y rebusco.

Pues pronto lo sabré.
Al menos lo sabrás…
¿Cuándo lo sabrán?

No lo sé.
Ni yo lo sé.
Eso está bien.

¿Por qué?
Porque los de algunos mundos creen que todo lo saben y lo primero que han de comprender, para entrar aquí, es que no saben nada.

¡Jajaja…!
Jajaja.
… y lo segundo es que se rían tan espontáneamente como lo hacen ustedes ahora.

¿Y aquí se puede jugar?
Eso es primordial para entrar a este espacio.
¡Qué alegría!

En algunos lugares donde he andado hay que aprender lo que enseñan unos mayores que no juegan, ni se ríen nunca.
¿Estuviste en el Cuadroide Gritan?
No, Daniela.

Pues como quiera que se llame donde sucede eso, se parece en algo a lo que se vive en el Cuadroide 4444.

Si los mayores no aprenden a vivir al revés de cómo han aprendido, aquí no pueden entrar por exceso de seriedad.

Imaginarme a los mayores al revés sí que me hace reír.
La mirada interior es lo que te abre una gran ventana para ascender.

¿Y aquí son miedosos, Sol?
El miedo no existe, aquí se vive lo verdadero.

Entonces te enseñaré a Flor.

¿Ella es tu flor?
Las flores de los otros espacios donde he andado, son diferentes a ésta.
No... Es mi mascota, su nombre es Flor.

¡Hola, Flor!…
Jajaja… ya decía yo.

¿Qué decías?
Que lo que conocí como flor, no es así.

Retirar las creencias y formas que han aprendido, les facilitará asimilar el cambio.

Definitivamente aquí no es el Cuadroide Gritan, donde los mayores se asustan con Flor, con las arañas, con los ratones y con las lagartijas.
No.

¿Sol, aquí existe el agua?
Hay un manantial que no se acaba…
Será bonito sumergirnos en su Luz.

Es que deseo beber agua.
Puedes hacerlo de esa fuente.

Pero no traigo dinero…

Aquí el agua no se compra, es un regalo de la Creación y su naturaleza no es propiedad de nadie, es de todos por igual. Si así vivieran los del Parti-doide del Astroide 3, fuera tan diferente. Muchos se están muriendo de sed.

¿Y qué se compra en Revés Mundo?
Nada. Vivimos en comunidad y la armonía entre todos nos unifica departiendo la cosecha de buenas siembras. ¡Qué bonito!

Sería bueno invitar a los que moran en la cueva BBZ, para que vengan a este lugar.
¿Para qué?

Para que aprendan, pues a todo le han puesto un valor de metal y de papel. Ellos fabrican unas ruedas metálicas y unos papeles de dinero, que en muchas ocasiones lo obtienen de manera sucia. Para vivir y respirar en el Planetoide Torres de Papel, debes poseer dinero y si no lo tienes no puedes comprar nada, ni tan siquiera agua limpia para beber y si no tienes ni para agua, ellos mismos te dan un serpentazo para que no existas.

Así como dices que ellos vibran Daniela, no podrían entrar a Revés Mundo, pues por su densidad se caerían.

¿Y si se caen, para adónde se van?
A un planeta que corresponda con su misma vibración material, hasta que dejen de hacer lo que hacen.

¿Y qué tendrían que hacer para entrar aquí y aprender que no sólo vale quien tiene dinero y tiene poder para comprar?
Mirar a sus corazones y dejarse guiar por ellos.
Jajaja..., si te escuchan ellos dirían que estás re-loco Sol.
¿Por qué Daniela?
Porque sí.

Mira Sol, me caes muy bien, tu no pides dinero a cambio para que pueda beber agua fresca, esta agua es sagrada, pues la Creación nos la regala y tiene un sabor que alegra el corazón por su pureza. Sé que le gustaría conocerte a un buen amigo de las estrellas, se llama Hombrecito Azul.

La Naturaleza obsequia su cauce de agua para todos los habitantes de Revés Mundo, nadie debe apropiarse de lo que no corresponde con la Ley de Vida y Orden. En cuanto a tu amigo Azul, pronto lo verás, pues nos visita con frecuencia.

¡Que felicidad, lo abrazaré…! Me gustaría que me comentes acerca de esa ley, Sol.

Hay ciertos elementos sagrados que sirven para la preservación y respeto por la Vida. Si hay alguien que le pone un precio al agua, al aire, al espacio donde viven, al fuego, además de que se apropia de lo que no le corresponde, frena la abundancia del universo y a la vida misma que la Creación da para vivir en ese mundo.

Los mayores de BBZ no obran en Consciencia y parece que no saben lo que se están haciendo a ellos mismos, intentando obtener dinero de una Naturaleza que está hecha para no ser vendida, sino que, experimentada y compartida.

Hay Leyes que son benditas y que hemos de respetar a profundidad. Escuché a un mayor que era muy sabio, me habló que la **Ley de Causa y Efecto** es una de ellas.
Si niño, si obras con el bien se multiplica tu bella intención y si obras sin Amor hacia los demás, ese acto te envuelve a ti.

Sabes acaso lo que le ocurre a los que tiran bombas y hacen guerras.
Multiplícalo infinitas veces sobre ellos mismos.

¿Quién se las tira, Sol?
Sus elecciones y consecuencias.

Hemos hablado de muchas cosas y aún no te he dicho mi nombre, soy un niño que he vivido distintas latitudes y me encuentro feliz de saber que aquí se juega y se ríe; que no existe el miedo — como no habita en Daniela, quien ha elegido no vibrar como los mayores miedosos —, y que no se compra el agua con dinero.
Me alegra saber que eres feliz aquí, Jesús.

Pero si todavía no te he dicho cómo me llamo,
¿cómo sabes mi nombre?
Es que cuando el Sol interior brilla, nada se oculta, pues no hay sombras.

¡Qué felicidad!

A ver, a ver, la Luz me dice que te llamas, Sol.
¡Jajaja…! Me hacen gozar.
Es tu vibración de gozo Daniela, la que jamás
se ha de apagar.

Acaso sabes tú, Sol, ¿para qué existen j-aulas en algunas
latitudes donde se enj-aulan muchos sueños y se tienen
prisioneros a los seres animales?
Lo único que sé, es que todo acto tiene una consecuencia.

¿Y qué será de los enjaulados?
Vivirán su libertad.

Entonces podría ser que quienes enjaulan,
sean los enjaulados.
Podría ser…

¿Y aquí hay bombas?
¿A qué bombas te refieres?

A unas armas oscuras que explotan y que se usan cuando
la inconsciencia declara la guerra y la otra inconsciencia
le responde de la misma forma.
No podrían existir aquí, por sus bajas vibraciones.

Quiere decir que aquí no podrían vivir quienes inventan guerras para hacer más torres de papel, ni podrían vivir los partidos que parten, como quienes partieron a Feliz — en el Astroide 3 —, quien a propósito todavía anda buscando sus partes.

No podrían porque eligen estar ciegos y para estar aquí, hemos de estar despiertos.

Dime, Sol, en algunos espacios de Revés Mundo, hay tristeza.

**Cuando el Sol interior nos ilumina,
jamás existe la tristeza.**

La mayoría de los planetoides por donde anduve en este larguísimo viaje utiliza formas para controlar, a excepción de algunas latitudes donde la Consciencia dicta sus formas de convivencia.

¿Qué tan largo ha sido tu viaje?

Algo así como14 años.
Y en 14 años has circulado por mil latitudes, sí que has parecido una estrella fugaz.
Jajaja…
El tiempo y la edad no existen aquí.

Jajaja, no tengo edad en Revés Mundo, esto de no tener edad está enredado, pero me está gustando mucho estar aquí. En una latitud por la cual transité, escuché decir a un mayor que al cumplir 21 años tienes que obrar como muchos mayores lo hacen.

Yo jamás hubiera sido tan serio como muchos de ellos, ni miedoso, ni me alcoholizaría como tantos que pierden el equilibrio de sus existencias, ni inhalaría de un humo con el cual se ahúman y ya ahumados no pueden ni mirar, ni respirar con claridad, ni utilizaría un arma, eso jamás…

Nada de lo que hablas existe aquí y ten presente, Jesús, que en este lugar nadie posee nada, solo se Es.

Soy.
Sí, Eres.
Somos…

Hay algunos mundo-ides en los cuales se quiere seguir teniendo a toda costa. Me gusta el mundo al revés de todo lo al-revesado, Sol.
A mí también…
Mira, si me cuelgo de cabeza y todo es al revés, sólo tienes que hacer un movimiento para no continuar viendo al mundo como No Es.
Jajaja…

¿Así de fácil es…?
Así de sencillo Jesús.

¿Qué podríamos hacer contigo y con Daniela, Sol, para que el cazador se cuelgue de cabeza y pueda mirar al mundo distinto a como lo ve?
¿Qué es un cazador y a quién te refieres, Jesús?

Un quita vidas que encontré en Espiruloide
¿Un qué?
¿Cómo?

Un cuelga cabezas.
Menos mal que no lo conocí y que no me vio…
¿Qué cabezas cuelga, Jesús?

Las de los dik dik y muchas otras más.
**¿Has dicho que quita la vida de los dik dik
y además las cuelga?**

Si, Sol, dice que son sus trofeos y que de su colección obtiene torres de papel — sucio por su proceder —.

¿Qué podemos hacer Sol y Jesús, para que respete la Vida de los otros Seres?

Mira Daniela, en algunas circunstancias se puede intentar hacer algo y si así lo deseas Jesús, en este caso puedes enviar un mensaje.

¿Tienes papel, Sol?
No es necesario. Sólo expresa la intención que emana de tu corazón y la inteligencia del universo te hará llegar tu mensaje en el mismo instante en el que se lo envías.
Ahora mismo.

Destino: Espiruloide
Para: Cazador de dik dik
De: Revés Mundo, enviado por Jesús.

Desde esta latitud donde brilla el Sol interior, te invito
cazador y cuidador de trofeos, a que mires al revés de
como ves. Es sencillo lograrlo y esta nueva forma de mirar
te podrá hacer comprender que lo que haces hacia los
hermanos animales, te lo haces a ti mismo.

¿Qué te parece si imaginas que los alces a quienes has cazado, son tus cazadores y que ellos están poniendo tu cabeza en una madera para colgarte inerte y separado de tu cuerpo, de tu familia y además te quitan tu vida?

Girar a la inversa de como has aprendido a mirar es la oportunidad de oro que tienes ahora, para que la Ley de Orden y de Causa y Efecto, no cuelgue tu cabeza muchas veces en la pared.

Después de todo no te juzgo, sólo te invito hacer un movimiento sencillo para que mires desde tu corazón.

Gracias por escuchar mi mensaje.

Jesús

Gracias, Sol.

Ahora suelta Jesús y recuerda que es su elección. Quienes no quieren ver, son libres de elegir. Los que se apegan a la materia vivirán en su forma. Con el mensaje que le has enviado le das la oportunidad al cazador para ver los movimientos y extravíos que él mismo se ha creado. Si elige comprender y hacer un viraje a la inversa de cómo ha obrado, se libera; si no, seguirá atado al dolor de cada cabeza que cuelga.

Bien… ya lo solté.

¿Qué has soltado?

Lo que no me corresponde.

Maravilloso.

Sí.

¡Hola…!

Hola, ¡qué bonita eres, tu color esmeralda es maravilloso!

Gracias, me llamo Esmeralda, soy una lagartija del gran desierto dorado. ¿Cómo es tu nombre y me gustaría saber cómo se llama este espacio y en qué latitud nos encontramos?

Soy Jesús, estamos en Revés Mundo y nuestra latitud es 0.

¿Cero?

Sí.

En el desierto de dónde vengo existe un pozo de Luz y allí vive Sheraz, mi mejor amigo.

Tú y Sheraz han hecho una bella labor. En el libro dorado de las estrellas — este que flota y ahora se abre frente a nosotros —, se lleva con exactitud cada contribución de Amor hacia el planeta en tránsito donde se vive. Tú, tanto como tu buen amigo Sheraz, han vivido retirando la basura que expele la inconsciencia sobre el Espíritu dorado del Gran Desierto, por ello el pozo de Luz los ha acompañado siempre.

Es lindo el pozo que canta. Él, Sheraz y yo, somos muy unidos.
¿Y tú quién eres?
Sol.

Vipum Vapum, he llegado a Revés Mundo y me encuentro con Jesús y Sol en la latitud 0 y tú me pareces un mago.

Jajaja… tu risa me contagia.
— *A mí también* —.

¿Qué haces, Daniela?
— *Busco a La Rosa, Sol* —.

¿A qué rosa te refieres?
A una muy especial.

¿Adónde la has buscado?
En un Cuadroide donde todos gritan, además LeIM me ha dicho que en Grisiluso no existe, como tampoco la he encontrado anteriormente y he llegado aquí, porque confío que aparecerá.

— **Mira, Jesús, está llegando un mensaje para ti** —.
¿Estás seguro de que es para mí, Sol?
Descífralo tú.

Destino: Revés Mundo
Para: Jesús
De: El mejor cazador y coleccionista de trofeos.

¡Sí…, es del cazador!

— Mientras, Jesús empezó a descifrarlo, sus amigos de Revés Mundo lo rodearon —.

Destino: Revés Mundo
Para: Jesús
De: El mejor cazador y coleccionista de trofeos.

Desde esta latitud donde yo soy el mejor cazador y cuidador de la mejor colección de trofeos, te invito, Jesús, a que sientas la emoción que se experimenta al cazar a un dik dik o a un búfalo y después de lograrlo, mirarás al mundo, feliz como lo miro yo.

Cazador 1, de Espiruloide.

El Silencio surgió en aquel espacio y conforme continuaban unidos, sus corazones los fueron envolviendo en sólo Luz. Era como si sus bellas siluetas se tornaran un gran Sol.

— A continuación, Jesús pidió al universo que le llevará su respuesta al cazador. La Luz se puso a su disposición, y el espíritu del niño con voz dulce habló —.

Destino: Espiruloide.
Para: Cazador 1.
De: Jesús.

Respeto tu decisión y no acepto tu invitación.
Tu te quedas cazador, intentando cazar a la ilusión.
Yo me voy, mi viaje es con el corazón.

Jesús

— Y mientras todos se unieron en la vibración del Amor, envuelta en un halo de Luz apareció flotante en el universo una bella rosa —.

Miren... ¿será la rosa que tanto he buscado?

¡Una rosa flotante que gira desde su núcleo...!

... y da vueltas hacia la inversa de las agujas del tiempo que existe en el Plane Sur.

Si la miran desde el corazón, notarán que con cada giro expande más y más sus pétalos, como si desde ella se forma un gran anillo en el universo.

Si, es como si cubriera a todo el espacio y conforme gira, lanza rayos de Luz.

Forma anillos en su contorno, tal parece que desde su núcleo nace el Sol.

¡Quiero tocarla!
Quiero vivir en ella.
También yo.

—Y mientras Jesús, Esmeralda la lagartija y Daniela, fijamente la veían, aparecieron **10 esferas doradas**—.

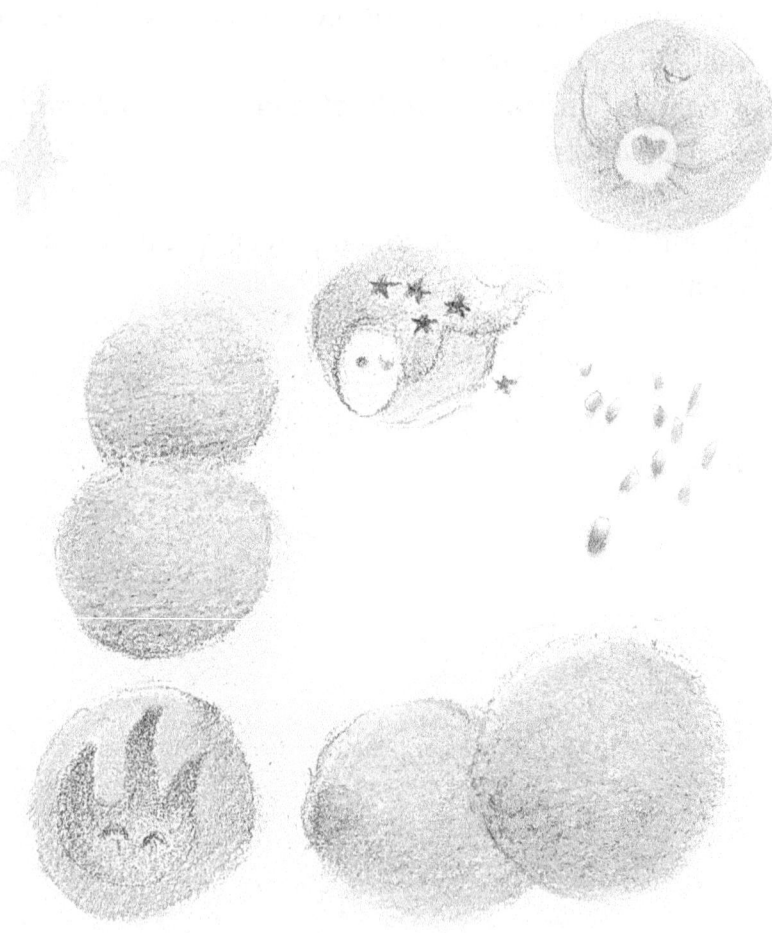

1, 2, 3, 4, 5, 6, 7, 8, 9, 10…
¡Miren a la rosa al centro de la gran burbuja!
Parece que dentro de la rosa ha entrado un niño de pelo dorado que lleva una espada de Luz, ha de ser un pequeño príncipe, pues es aún muy chiquito.
¡Hasta la vista Principito…!
Miren cómo la rosa abre sus pétalos para recibirlo y envolverlo con suavidad. ¡Cuánto Amor!
Sí, Esmeralda, ha de ser infinito…

Miren… ¡10 esferas de Luz que se van uniendo y se dirigen hacia el núcleo del Sol! Parecen esferas fractales.

Allá va Llamalú, es la que se ríe con nosotros y salta de felicidad. ¡Hasta pronto Llamalú, gracias por iluminarnos con tu llama violácea, por detener la guerra y sacar despavoridos a los de la cueva BBZ!

Gracias Llamalú, yo no te conocía hasta ahora pero luego de escuchar a Daniela, en nombre del Amor te agradezco por detener otra era de violencia.

— Y mientras la inmensa rosa se abría empezaron a caer sus pétalos sobre Revés Mundo. Cuando tocaban el plano de dicho lugar, cada pétalo se transformaba en lo que habita en él —.

1.

¡Hola…!

Soy una hormiga que vivía en un planeta en Transición, donde un Hombrecito Azul le dijo al oso polar que podía vivir en una rosa, pero como él aún estaba en transición, no le aceptó su gentil invitación.

Todo empezó con una esfera que llegó; abrió un recuerdo, pues ahora que he llegado hasta aquí comprendo que no es que aquel *Principito,* vino; sino que al recibir a **Los Amigos de Un Principito,** su recuerdo y Luz nos acompañan y por eso es que no salió de la burbuja, pues él habita en otro plano. Pero lo cierto es que siempre le recordaré, porque en el camino de una latitud hacia otra, ha sido un gran compañero de mis pasos.

2.

¡Hola hormiga…! Me tomó una Vida comprender el regalo de la rosa que el Hombrecito Azul me obsequió para Vivir… Y como estaba desconectado del corazón, no me conecté con ese gran regalo que busco ahora.

Hombrecito Azul, ven, que quiero abrazarte y vivir en la rosa azul que me ofreces.

¿Y cómo hacemos para llegar hasta ella, si está flotando? Miren las esferas oro, conforme ellas van avanzando hacia el gran Sol, ejecutan música. Escuchen la bella sinfonía que emana, es puro Amor.

¡Sí… y vean hacia allá, en aquella burbuja se alcanza a ver a una abeja dorada y azul!

En la otra esfera parece que quien viaja es un mago con su varita mágica y se adentra al Sol…

Alcanzo a distinguir al mago y a su estrella, mas no a la abeja.

Mira con el corazón, Daniela…

Gracias por recordármelo Esmeralda, cuando lo abro, me aproximo tanto, que la abeja me hace cosquillas.

¡Qué linda eres! ¿Para dónde es tu viaje?

Viajo hacia otra latitud y vibración, se entra por el Sol que brilla en tu corazón, al universo entero.

Gracias por tu miel, es deliciosa.

¿Miel has dicho?, puedo probarla que me encanta.

Sí, Jesús.

¿Cómo te llamas bella abeja maga?

LeIM.

¿Me llevas de regreso a casa?

Nos vamos hacia el Sol, Jesús.

Sí, estoy listo para volver. Desde el Sol les enviaré rayos que les iluminen en su andar.

> **— Jesús se adentra en la burbuja dorada con Sol, quien nos deja su chispa Divina y nos dice que recordemos que mora en nuestro corazón —.**

Hasta pronto LeIM y Jesús.
Jajaja…, que divertido es volar contigo.
Bzzzzz…¡Jijiji!
Jajaja.

Daniela, ¿adónde se fue Jesús?

A su galaxia Esmeralda. Sólo estuvo iluminándonos con Su Luz.

¿Escuchas la música de LeIM y de Jesús?

Sí y mientras la música canta, mira cuántos pétalos bajan conforme viajan formando espirales de Luz.

— En otra de las esferas viaja Rhom y de ella salen gotitas que nos irradian con su Amor —.

¿Y quién es Rhom, hormiga?

Un gran espíritu que nos acompaña con su transparencia en el Planeta Prisión y en otras latitudes.

¿Has dicho Planeta Prisión?

Sí, Daniela.

¿Hormiga, sabes acaso de qué se trata esa prisión?

Es un lugar donde "los dueños de las prisiones", han de girar al revés, para que las llaves con las cuales cierran la vida de muchos Seres, abran las cerraduras de los candados que han cerrado.

Hormiga, ¿conoces a aquel Ser de gorro azul, el que vuela en una de las esferas cercanas al gran Sol?

Sí, es OOOOOOO.

¿Jojojoooo…?

Jajaja… ¡No, Esmeralda! Su vibración es OOOOOOO.

Es la vibración del mago quien con su magia blanca eleva la latitud por donde pasa.
OOOOOOO.

Registro #23

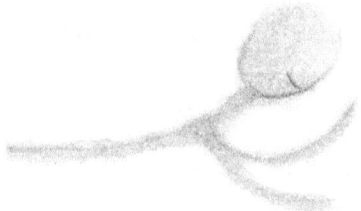

Cuando se trata sin respeto a la Naturaleza y con ello se derrite la posibilidad de vivir para el oso polar y su familia, cuando secuestran a los seres animales de sus hogares naturales, para llevarlos a un zoo-triste, sin importar sus derechos y lo que ellos son, cuando hay un lugar donde si no se piensa, ni se tiene dinero, no se puede vivir…, cuando existe el planetoide 8558, tan lejano a lo que la niñez merece y ha de vivir…, cuando se enj-aula a los niños y niñas en las j-aulas de la rigidez y el control, cuando la ciencia y la espiritualidad se desvinculan y no hay equilibrio entre ambas, cuando se intenta domesticar a la población, para que sea un robot…, cuando los maestros de las j-aulas, le ponen cero a la creatividad, a la alegría, a la espontaneidad, al Amor y a la sabiduría, cuando el mundo es un cuadroide, en el que se pasa pegado a una silla,

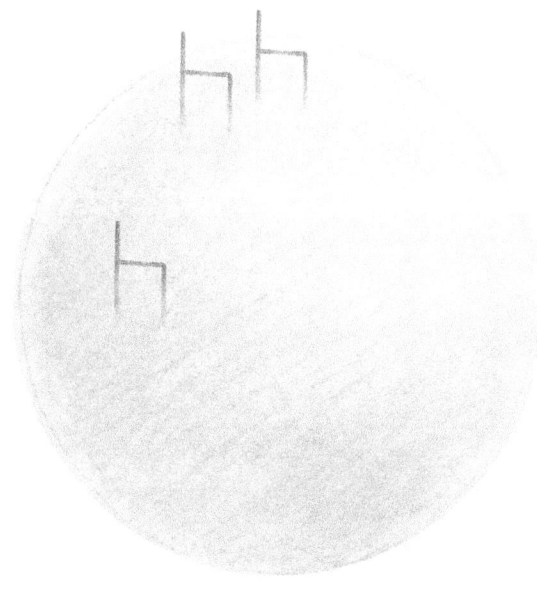

cuando prevalece la ley del desorden y no se está a favor de la Vida, cuando el miedo se ha apoderado de la mayoría de mayores y se enseña a tener miedo a los menores y por medio de esa emoción, se les manipula..., cuando hay una bomba a punto de explotar y una guerra que puede cobrar fuerza desde BBZ; cuando se crea un planetoide donde se come papel, se sueña papel, se vive papel y se le hace culto al papel..., cuando hay una bóveda donde custodian las torres de papel de dinero sucio, creyendo que es lo más importante, mientras hay 1333333333, 333, 33 Seres, quienes no tienen una tan sola moneda para comprar el agua que necesitan para vivir.

Cuando la cosecha de basura crece y no deja de crecer y sus habitantes siguen botando la basura por doquier.

Cuando la tristeza invade un lugar, como ocurría en Grisiluso, cuando hay quienes se especializan cual si el cazador armado, en quitar vidas como en Espiruloide, cuando una hechicera tecno quiere hacer del mundo un autómata, y una tecla empieza a gobernar a quienes viven en ciertas latitudes como ocurre en Secuespejo, cuando un partido se especializa en partir y logra denigrar a la libertad, como lo han hecho con Feliz.

Cuando el trabajo acapara y por vivir trabajando ya no se juega, cuando se comen guanábanas y su dulzor no te provoca alegría…, cuando la inconsciencia consume y bota las colillas de cigarro y drogas y el viento las lleva al desierto donde se intoxica la vida de sus habitantes, cuando hay tantos actos basura, cuando no se cree que se puede vivir en la rosa azul y se ha perdido la magia, cuando el planeta es tan mental y se vive lo trivial, cuando no se sabe cómo conectar con el corazón y no se desea viajar con **Los Amigos de Un Principito**, es buen momento para llamar a OOOOOOO.

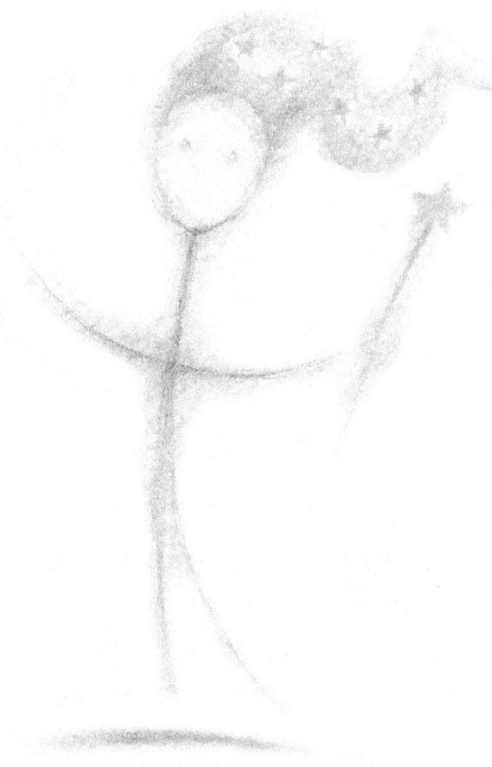

¡Siempre estoy contigo…!
Gracias OOOOOOO.
Llámame cuando desees acceder a tu magia,
Daniela.
Jajaja…
También a mí, niña bella.
Les amo tanto…

Y cuando se cree en la tristeza y no se encuentra al Amor, es buen momento para hacer un cambio...

Sólo abre tus brazos y rota al revés de como has aprendido a hacerlo — tal cual lo hace Sol —.
El cambio es en tu interior.

¡Así y Asá, como en Músicomágico…!

También como lo hace Esmeralda, con su *Vipum Vapum* e inversamente a las agujas del reloj —, entonces girarás hasta que la espiral de la Vida te lleve a ese Sol inmenso donde mora el corazón rosa, y cuando llegues, Los Amigos de Un Principito, te llevarán al palacio donde los sueños son verdad.

¡Genial!

¿Quién habló?

Sheraz, ¿Te acuerdas de mí Catú?

Si amigo del desierto dorado, te propongo algo…

Dime niño indígena que respetas a la sinfonía de las aguas, del aire, de Terrum y del fuego.

Si me quieres acompañar para limpiar la montaña de basura que ha crecido y que puede botar al planeta o volverlo un basuroide.

¡Listo y dispuesto…! Llamando a Esmeralda, para empezar con la limpieza interior de los habitantes de la ciudad donde la transparencia ha de brillar.

Vipum, Vapum...

Así y Asá, jajaja.

Musicalísima... ¡Jajaja! Así y Asá, bailando y riendo sin detenernos a pensar más...

¿Vas a la escuela?

Mi escuela es el campo, el cielo y las estrellas, los ríos y la Naturaleza..., es aquí donde vivo y me encuentras, ésta es.

¿Juegas?

¡Mucho...! Te enseñaré a jugar capirucho, vuelo cometas, dibujo y coloreo.

¡Jajaja..., que lindo es vivir así. Deseo que la música del corazón nos acompañe siempre!

Vipum Vapum...

Así y Asá...

Jajaja...

En un día de Sol,
bajo un cielo completamente azul,

Los Amigos de Un Principito

regresan a las estrellas…

Claudia Llerena

www.ingramcontent.com/pod-product-compliance
Lightning Source LLC
Chambersburg PA
CBHW050343030726
47503CB00008B/2589